Coleção Literatura Brasileira

TOMÁS ANTÔNIO GONZAGA

1. MARÍLIA DE DIRCEU

MACHADO DE ASSIS

1. RESSURREIÇÃO • 2. A MÃO E A LUVA • 3. HELENA • 4. IAIÁ GARCIA • 5. MEMÓRIAS PÓSTUMAS DE BRÁS CUBAS • 6. QUINCAS BORBA • 7. DOM CASMURRO • 8. ESAÚ E JACÓ • 9. MEMORIAL DE AIRES • 10. CONTOS FLUMINENSES • 11. HISTÓRIAS DA MEIA NOITE • 12. PAPÉIS AVULSOS • 13. HISTÓRIAS SEM DATA • 14. VÁRIAS HISTÓRIAS • 15. PÁGINAS RECOLHIDAS • 16. RELÍQUIAS DE CASA VELHA • 17. CASA VELHA • 18. POESIA COMPLETA • 19. TEATRO.

LIMA BARRETO

1. RECORDAÇÕES DO ESCRIVÃO ISAÍAS CAMINHA • 2. TRISTE FIM DE POLICARPO QUARESMA • 3. NUMA E A NINFA • 4. VIDA E MORTE DE M. J. GONZAGA DE SÁ • 5. CLARA DOS ANJOS • 6. HISTÓRIAS E SONHOS • 7. CONTOS REUNIDOS.

JOSÉ DE ALENCAR

1. GUARANI (1857) • 2. A VIUVINHA (1860) - CINCO MINUTOS (1856) • 3. LUCÍOLA (1860) • 4. IRACEMA (1854) • 5. ALFARRÁBIOS • 6. UBIRAJARA (1874) • 7. SENHORA (1875) • 8 . ENCARNAÇÃO (1893).

MANUEL ANTÔNIO DE ALMEIDA

1. MEMÓRIAS DE UM SARGENTO DE MILÍCIAS

EDUARDO FRIEIRO

1. O CLUBE DOS GRAFÔMANOS • 2. O MAMELUCO BOAVENTURA • 3. BASILEU • 4. O BRASILEIRO NÃO É TRISTE • 5. A ILUSÃO LITERÁRIA • 6. O CABO DAS TORMENTAS • 7. LETRAS MINEIRAS • 8. COMO ERA GONZAGA? • 9. OS LIVROS NOSSOS AMIGOS • 10. PÁGINAS DE CRÍTICA • 11 O DIABO NA LIVRARIA DO CÔNEGO • 12. O ALEGRE ARCIPRESTES • 13. O ROMANCISTA AVELINO FÓSCOLO • 14. FEIJÃO, ANGU E COUVE • 15. TORRE DE PAPEL • 16. O ELMO DE MAMBRINO • 17. NOVO DIÁRIO.

BERNARDO GUIMARÃES

1. A MINA MISTERIOSA • 2. A INSURREIÇÃO • 3. O BANDIDO DO RIO DAS MORTES • 4. A ESCRAVA ISAURA.

MÁRIO DE ANDRADE

1. OBRA IMATURA • 2. POESIAS COMPLETAS • 3. AMAR, VERBO INTRANSITIVO • 4. MACUNAÍMA • 5. OS CONTOS DE BELAZARTE • 6. ENSAIO SOBRE A MÚSICA BRASILEIRA • 7. MÚSICA, DOCE MÚSICA • 8. PEQUENA HISTÓRIA DA MÚSICA • 9. NAMOROS COM A MEDICINA • 10. ASPECTOS DA LITERATURA BRASILEIRA • 11. ASPECTOS DA MÚSICA BRASILEIRA • 12. ASPECTOS DAS ARTES PLÁSTICAS NO BRASIL • 13. MÚSICA DE FEITIÇARIA NO BRASIL • 14. O BAILE DAS QUATRO ARTES • 15. OS FILHOS DA CANDINHA • 16. PADRE JESUÍNO DO MONTE CARMELO • 17. CONTOS NOVOS • 18. DANÇAS DRAMÁTICAS DO BRASIL • 19. MODINHAS IMPERIAIS • 20. O TURISTA APRENDIZ • 21. O EMPALHADOR DE PASSARINHO • 22. OS COCOS • 23. AS MELODIAS DO BOI E OUTRAS PEÇAS • 24. TÁXI E CRÔNICAS NO DIÁRIO NACIONAL • 25. O BANQUETE.

FEIJÃO, ANGU
E COUVE

Diretor editorial
Henrique Teles

Produção editorial
Eliana S. Nogueira

Arte gráfica
Bernardo C. Mendes

Revisão
Eduardo Satlher Ruella

EDITORA GARNIER
Belo Horizonte
Rua São Geraldo, 53/67 - Floresta - Cep.: 30150-070 - Tel.: (31) 3212-4600
e-mail: vilaricaeditora@uol.com.br

EDUARDO FRIEIRO

FEIJÃO, ANGU E COUVE

3ª Edição

GARNIER
desde 1844

Dados Internacionais de Catalogação na Publicação (CIP) de acordo com ISBD

F911f Frieiro, Eduardo

Feijão angu e couve / Eduardo Frieiro. - 2. ed. - Belo Horizonte - MG: Garnier, 2021.
188 p. : il. ; 14cm x 21cm.

Inclui índice.
ISBN: 978-65-86522-75-0

1. Literatura brasileira. I. Título.

CDD 869.8992
2021-189 CDU 821.134.3(81)

Índice para catálogo sistemático:
1. Literatura brasileira 869.8992
2. Literatura brasileira 821.134.3(81)

EDUARDO FRIEIRO

feijão, angu e couve

ensaio sôbre a comida dos mineiros

Exemplar com emendas para nova edição.

centro de estudos mineiros / belo horizonte

Fac-símile de capa (em tamanho reduzido) da primeira edição (1967) do "exemplar com emendas para nova edição" que o Autor, em vida, deixou preparado para esta edição.

A Noêmia,

minha mulher,
peritíssima na arte
de bem cozinhar.

Tábua das Matérias

CONSIDERAÇÕES PRELIMINARES

A COMIDA DOS MINEIROS

CONSIDERAÇÕES PRELIMINARES

1
A NONA ARTE.

Numa croniqueta de jornal, escrita há muito, dizia Ribeiro Couto: "Sinceramente: temos necessidade de *aprender a comer* neste maravilhoso país. Ainda somos uma terra em que matar uma galinha é para os dias de festa."

E o saudoso escritor lembrava a poesia de Manuel Bandeira "*O inútil luar*", na qual o poeta se referiu a uma conversa entre duas mocinhas, ouvida numa praça (banhada por um luar supérfluo a que ninguém prestava atenção), e a certa altura uma dizia à outra:

Mamãe não avisou se vinha.
Se ela vier, mando matar
Uma galinha.

"Aí está num episódio lírico fixado pelo poeta brasileiro (considerava o cronista) toda a psicologia da "falta de saber comer" da nação. Porque, se a mamãe não vier, não é preciso matar uma galinha."

Não sendo preciso, come-se mesmo feijão com arroz e picadinho com chuchu ou abobrinha.

Será que desconhecemos a arte de bem comer? Porque a Gastronomia é, verdadeiramente, uma arte, sem dúvida a mais vital de todas (e também a mais "mortal", nos excessos da glutonaria), arte que pode ser um luxo, um refinamento, como tantas outras, porém é a menos gratuita por fundar-se no instinto de nutrição, básico para a vida animal. Toda a natureza é uma conjugação do verbo "comer" no ativo e no passivo. Comer e ser comido, eis a lei da vida. Panfagia universal.

A vida dos animais, sem exceção para a do homem, rege-se pelas duas necessidades do ventre que são os dois instintos fundamentais da nutrição e da reprodução, não sendo este último senão o prolongamento diversificante do primeiro. Duas pulsões de apetites que movimentam e animam toda a mecânica e toda a dinâmica de nossa existência.

Juan Ruiz, Arcipreste de Hita, o desenfadado poeta do *Libro de buen amor*, expressou nos conhecidos alexandrinos medievais da *cuaderna vía* o que se achava em Aristóteles ao formular o que estaria depois nas bases do marxismo, por uma parte, e do freudismo, por outra. Assim:

> *Como dize Aristóteles, cosa es verdadera:*
> *El mundo por dos cosas trabaja: la primera,*
> *Por aver mantenencia; la otra cosa era*
> *Por aver juntamiento con fenbra placentera.*

Dizia-o Aristóteles, por boca do alegre Arcipreste: primeiro está a *mantenencia*, a satisfação das necessidades do estômago.

Uma vez satisfeita essa necessidade primordial, vem o amor físico, na sua forma elementar de união dos sexos para a procriação. Logo, civilizando-se a espécie, o ato reprodutor se sublima: é o *juntamiento con fenbra placentera*, já como amor-sentimento, ou, mais ainda, como amor-paixão, glorificado pelo mito, isto é, *quelque chose qui date du XIII*^{ème} *siècle*, no dizer de Seignobos.

Fome e amor. Os dois instintos se confundem, muita vez, segundo Freud e seus seguidores, e também no entendimento do povo, mais freudista que o mestre de Viena. O verbo *comer* significa em certos casos, na mesma língua, o mesmo que possuir sexualmente. Freud diz mesmo que o instinto primordial, fonte de toda atividade psíquica, é o sexual. Desde que nasce, a criança manifestaria tendências eróticas: as sensações agradáveis suscitadas pela língua, pelos lábios e outros órgãos — mamar, chupar o dedo polegar etc. — proporcionariam verdadeira volúpia. O psicólogo Claparède, entanto, contesta Freud, dizendo que o prazer de comer não é um prazer sexual e, menos ainda, que este tenha primazia sobre aquele. A hipótese freudiana estaria em contradição com a filogênese, por isso que o instinto sexual teria aparecido muito depois do instinto de nutrição, o qual, com toda a evidência, existia desde o começo da evolução.

Desde o nosso mais remoto antepassado, o *Australopithecus africanus*, o macaco-homem que abatia a sua caça a golpes de queixada de antílope, para chupar-lhe os miolos e comer-lhe a carne em tassalhos rasgados com a dentuça poderosa, desde então e a partir dos tempos mais recuados, o homem aprendeu lentamente a cozer e a preparar os seus alimentos, até chegar aos aperfeiçoamentos da verdadeira arte culinária e do que se pôde chamar — a Gastronomia.

Não há muitos anos, em Paris, a Gastronomia foi oficialmente classificada como a Nona Arte e admitida no tradicional Salão de Outono. A categoria artística já lhe era reconhecida, havia muito, na França, ao menos desde a época em que Brillat-Savarin, o espiritual epicurista da *Fisiologia do Gosto*, conferiu título de nobreza ao vocábulo *gourmandise*, sublimando-o, despojando-o de todo sentido que represente a vulgar comezainice. Não queria Brillat-Savarin que entre os amigos da boa mesa se confundisse o autêntico gourmet com o comum *gourmand*, o gargantão[1] ávido e lambaz que se empanturra de secos e molhados, massas, legumes e viandas, olhando mais a quantidade que a qualidade. Censurava os glutões, louvando em troca os finos degustadores de iguarias doutamente preparadas, apreciadores de bons vinhos, "aqueles sábios amáveis (como ele dizia) *que mordem com graça uma asa de perdiz até o fim, com o dedo mindinho no ar, para orvalhá-la com um copo de vinho de Laffite ou do vinhedo de Bougeod.*"

Os franceses se envaidecem de que a arte de bem comer, "*la science de gueule*", segundo a expressão cara a Montaigne, é uma arte bem francesa. E até afirmam alguns que os únicos cozinheiros civilizados do mundo são franceses. Os outros povos, dizem, entendem a alimentação de maneira diversa, cada qual a seu gosto: só os franceses praticam em forma superior a refinada arte que é uma boa cozinha. Em 1803, apareceu o primeiro dos *Almanach des Gourmands de Grimod de la Reyniàre*; em 1825, *La Physiologie du Goût de* Brillat-Savarin. Com esta obra, que resta ainda a bíblia dos gastrônomos, a cozinha se revelou ao mesmo tempo uma arte, uma ciência e uma matéria literária incontestável.

1. "Que come muito, que tem grande goela; glutão, devorador, comilão; guloso: "Esta pena é dos luxuriosos e dos *gargantões*". *História do Cavaleiro Tungulo, in Revista Lusitana, VIII*, pág. 253. (*Grande Enciclopédia Portuguesa e Brasileira*) (cfr. M. Bataillon, *Sur le nom de Gargantua, Miscelânea a Joaquim de Carvalho,* 1960, pág. 377).

Mas, e a civilizadíssima China? Tem-se dito que todo homem civilizado possui duas pátrias: a do seu nascimento e outra que o fascina por alguma particularidade que falta à sua terra natal. Da maioria dos brasileiros cultos, já sabemos que é a França a segunda pátria. Conhecido periódico francês promoveu, "anos há, um inquérito entre escritores de lá em torno deste tema: "*Tout homme a deux patries...*" Respondendo ao inquérito, o fantasista Jean Cocteau declarou que não tinha segunda pátria, acrescentando, todavia, que de todos os países que ele conhecia era a China o preferido. "*Visitei a China e tive, ao deixá-lo, a impressão de que deixava a civilização*".

Ocorre perguntar: em que se mostram os chineses mais civilizados, na opinião dos viajantes? A resposta, na opinião de muitos, deve buscar-se na polidez de maneiras e na arte de bem comer, em que os amarelos continentais se mostram mestres consumados. Por isso dizia um viajante que chineses e franceses eram os povos mais civilizados do mundo, por serem os mais polidos e por haverem levado a cozinha ao último ponto de perfeição.

A China dos imperadores e mandarins, a velha China anterior a Mao Tsé-tung, impressionava os viajantes europeus — desde Marco Polo — com o refinamento, o capricho e a fantasia duma cozinha que alcançou os últimos graus da arte, indo até os limites a que conduz todo refinamento — a depravação. Culta e prática, própria dum povo que colocava a sede da inteligência, não no cérebro, mas no ventre, receptor dos produtos elaborados pelo paladar, assim era a cozinha ao tempo dos mandarins ventrudos, tanto mais ouvidos, admirados e honrados, quanto mais empinada e volumosa era a barriga que ostentavam.

Alguém estranhará, talvez, que se considere a simples cozinha, destinada a satisfazer um dos sensualismos menos nobres do homem, como um dos mais altos índices de civilização. Mas por que não? Recorde-se a propósito, em abono do que se vem dizendo, o testemunho antigo e ilustre do filósofo Hieráclito, que disse certa vez, ao receber visitantes na sua prosaica e rudimentar cozinha: "*Entrai, porque também aqui há deuses*."

A Nona Arte manteve sempre as melhores relações com as outras. Pintores, escultores, músicos, poetas têm abordado assuntos gastronômicos, naturezas mortas ou cenas báquicas. Grandes gênios, como Lulli, Beethoven, Verdi, Schubert, foram fervorosos gastrônomos. Rossini levou sua paixão pela mesa a um grau quase heroico, senão imprudente: casou com a própria cozinheira para ligá-la por laços indissolúveis ao seu exigente apetite.

Nem todos os devotos de Goethe sabem que o máximo poeta alemão foi um *gourmet*, para quem a arte de bem comer constituía um dos capítulos fundamentais da arte de bem viver, que ele praticou com rara ciência e extrema consciência. O livro de Robert d'Harcourt, *Goethe et l'art de vivre*, encerra a este respeito curiosas anedotas. Encontrando-se em Iena, escrevia de lá para sua mulher Cristiana pedindo lhe enviasse "alguma coisa comestível". Lamentava-se de ter que viver ao regime de pão e salsichas. Em uma das cartas, dizia:

"*Do ponto de vista alimentício as coisas melhoraram. A Traibilius prepara muito bem os aspargos e de vez em quando consegue uma fritada apresentável. Os Schillers me provêm de assado, e o azeite que me mandaste tempera devidamente a salada. Assim, pois, estou a contento, pelo menos no que se refere ao almoço.*"

Goethe foi censurado por haver casado com uma mulher de pouca educação e humilde origem, uma florista. Mas o grande homem, que foi proclamado "mestre na arte de viver", sabia muito bem separar a poesia da realidade e, parece certo, viveu feliz com Cristiana, dotada, ao que se sabe, de todas as qualidades que fazem a fiel esposa, a boa dona de casa, a excelente cozinheira, a modelar mãe de família.

A Gastronomia, reconhecida publicamente como a Nona Arte, é na realidade a primeira, na opinião dos discípulos de Vatel, de Carême e de Escoffier. E de que estão certíssimos de ser a arte culinária a primeira entre todas as outras, temos a ilustração nesta anedota que encontramos num almanaque gastronômico italiano:

Um cozinheiro de Gabrielle d'Annunzio, artista único (o cozinheiro, entenda-se), ouvia de um comensal os mais calorosos elogios à sua estupenda "*vitella di latte alla Parisina*", ao passo que o excelso poeta permanecia frio, não porque não apreciasse aquela obra prima da culinária, digna do seu apurado paladar, mas por ter longe o pensamento. Acenando para o poeta, do qual esperava os merecidos louvores, disse então o cozinheiro ao ouvido do ajudante, picado na sua grande vaidade:

— Ele está pensando que este pitéu é tão fácil de fazer como uma das suas tragédias!

Mas afinal a que vem esta apologia da Nona Arte? Pertenceremos acaso à confraria gastronômica?

Não, nada disso. Quem nos dera poder comer uma vez por semana uma boa feijoada brasileira, ou mesmo um tutu de feijão com linguiça e couve rasgada à mineira, o incomparável tutu, invariavelmente precedido de um copinho de boa pinga. Não é gastrônomo quem quer. Só é bom garfo quem teve a felicidade de haver nascido com um bom aparelho digestivo. Não é o nosso caso. Somos sóbrios como um frade cartuxo. E se estivemos aqui a falar da arte de bem comer, foi como se aludíssemos nostalgicamente a um paraíso perdido. Ruminação de dispéptico.

Vem ao caso recordar um certo Louis Nicolardot, francês, traça de biblioteca, que escreveu uma erudita história da Mesa, contentando-se, enquanto a elaborava, em ter como único sustento as delicadas, refinadas ou excêntricas iguarias descritas em sua obra — e morreu praticamente de fome, em fins do século passado. E sem esquecer que Taillevent, considerado o pai da cozinha francesa e o maior de todos os cozinheiros de sua pátria, autor de um tratado de gastronomia, um dos primeiros que se escreveram em França, foi também o jejuador mais famoso de seu tempo.

2

DIÁLOGO COM UM NUTRICIONISTA.

A espécie humana é arquivelha na Terra e, claro, sempre se alimentou. Mas só em nosso tempo, passados milênios de sua existência, cuida o homem de racionalizar os seus alimentos, de escolher cientificamente os seus *ingesta*. Mais uma prova, talvez, da sua superioridade, como criatura racional, sobre todos os outros seres vivos, que se alimentam *irracionalmente* — e que sem embargo disso passam muito bem de saúde.

Neste caso, redarguir-se-á, que superioridade é essa do homem sapiente sobre o animal irracional, guiado unicamente pelo instinto?

A resposta poderá ser: o homem é velho no mundo, porém ainda não acabou de aprender a viver desde que se divorciou da simples animalidade e rompeu a unidade primitiva dos seus instintos. E uma das provas é que não sabe alimentar-se. Pelo menos assim o dizem alguns médicos nutricionistas.

E assim é que, no tocante à alimentação, como em tantos outros fatos da sua trajetória histórica, isto é, fora da pura zoologia, o homem caminhou das forças instintivas para o conhecimento racional que as regulariza.

A fisiologia, afirmam os especialistas da ciência da nutrição, fornece atualmente noções muito valiosas que permitem conhecer melhor o problema da alimentação humana. Com os modernos conhecimentos da constituição físico-química da matéria viva e seu equilíbrio, chega-se hoje a um conceito geral da nutrição que fornece dados preciosos para a investigação científica daquilo que se deve comer. A questão da alimentação — advertem os médicos nutricionistas — não deve ficar relegada ao critério empírico das donas de casa ou dos cozinheiros ignaros, que nada sabem de metabolismo basal, nem de calorias, nem de vitaminas.

Aí está. A arte de comer bem, que teve seus grandes clássicos em Carême, em Vatel, em Brillat-Savarin, em Escoffier, como que desapareceu com os *gourmets* do passado, para dar nascimento à ciência da alimentação, fundada nos ensinamentos de Atwater e Bryant, de Luciani, Baglioni e Escudero.

É grande o interesse suscitado nos países de elevada cultura científica pelo problema da alimentação sadia. Esse interesse chegou até nós, como era natural, e começa a preocupar-nos. Assistimos à difusão de novas ideias acerca das necessidades alimentares do povo, de modo a preparar gerações sãs e robustas.

— Quer dizer que o sábio e o pesquisador nutricionistas devem assumir o mundo da cozinha?

— Assim o exige o adiantamento científico do homem, diz o especialista em alimentação.

— Não será para o nosso tempo, diremos nós. Não é porém improvável para o mundo do futuro, o *brave new world*, antevisto por Aldous Huxley. Por ora, dois terços da humanidade passam fome e o terço restante come do que gosta ou do que pode comer.

— Em muitos casos, já, a cozinha civilizada segue de perto, com rigor maior ou menor, as indicações duma dietética racional. Na maioria dos casos, valha a verdade, ignora-se totalmente a ciência da alimentação e cada povo come de acordo com hábitos tradicionais próprios, fundados em observações empíricas.

— Hábitos certos?

— Hábitos errados, em muitos casos.

— Por isso, os entendidos em dietologia almejariam ver em cada cozinheiro um dietólogo consumado, não é assim? Seriam desterrados como fontes de superstições alimentares os velhos manuais de cozinha, substituídos por sábios tratados de alimentação racional e econômica. Nossas cozinheiras conheceriam então o teor dos alimentos em albuminoides, hidrocarbonados, sais minerais e água, assim como do seu valor em vitaminas etc. Neste caso, as cozinheiras seriam técnicas diplomadas em cursos de culinária superior, provavelmente de nível universitário.

— Não ironize. A função da cozinha é das mais importantes, direi mais, sem exagero, das mais sublimes. Por que não? Infelizmente (a reflexão é de Nietzsche), infelizmente, a cozinha está geralmente a cargo da mulher, que não compreende o que significa a alimentação.

— Nietzsche era um misógino truculento, fechado à compreensão da mulher. Homens também cozinham, sempre cozinharam, cabendo-lhes, por conseguinte, igual responsabilidade no caso.

— Se a mulher (é ainda Nietzsche que o diz) se a mulher fosse uma criatura capaz de pensar, teria descoberto durante milhares e milhares de anos, no seu ofício culinário, grandes fenômenos fisiológicos, conseguindo, por essa forma, monopolizar a medicina! Por falta de uma alimentação racional, acrescentava o poeta-filósofo, o desenvolvimento do homem tem sido prejudicado e retardado.

— Nietzsche falava como dispético. Segundo li num de seus biógrafos, era homem de estômago sensível que exigia permanente dieta. Sentava-se à mesa com precauções de míope, prevenido contra os perigos de uma boa mesa: examinava cautelosamente todos os pratos, com o receio de que estivessem condimentados em excesso, e verificava se o chá não estava demasiado forte. Qualquer erro de alimentação irritava-lhe os intestinos frágeis e a mínima falta cometida no que comia abalava-lhe os nervos durante dias. Não provava vinho nem cerveja, nenhum álcool, nem mesmo cigarro depois da comida, nada do que estimula, regala ou faz repousar. Apenas uma curta e magra refeição.

— Não era certamente um *gourmet*, isso não era. Queria apenas que se desse menos que fazer a médicos e boticários. E tinha razão em censurar as mulheres como cozinheiras. No domínio mais tipicamente feminino, que é o culinário, todas as grandes inovações foram obra masculina. E seguramente não existiu nenhuma como Vatel, *maître d'hotel* do grande Condé... Vatel levou o amor-próprio profissional ao ponto de se matar por causa de simples deficiência numa ceia servida ao rei Luís XIV.

O mesmo fez Alain Zick que, segundo o *Correio da Manhã* de 16 de outubro de 1966, se suicidou "ontem, em Paris, enterrando uma faca no coração quando viu que o seu restaurante, o *Le Relais de Porquerolles*, perdeu a classificação de duas estrelas e deixou de figurar no famoso guia Michelin."

— Não sei se à mulher se devem grandes inovações na arte de bem cozinhar. Mas me inclino a crer que os melhores petiscos da cozinha brasileira são invenções de velhas pretas cozinheiras. Nem troco o bom e saudável tempero de muita dona de casa pelos virtuosismos culinários do mais hábil mestre-cuca. Quando nada, sinto mais garantida a integridade do meu estômago.

— Pois fique com a preta cozinheira. Eu por mim prefiro seguir os preceitos duma dietética científica.

— Se é assim, eu invocarei o que diz um ilustre dietologista, o Prof. Silva Mello. Seu conselho é o de que nos convém antes de nada respeitar a experiência multissecular da alimentação humana. Prega, em consequência, a volta a um naturalismo mais de acordo com a tradição e as necessidades alimentares de cada povo.

3

O REBANHO, A ERVA E O PASTOR.

A importância biológica, social e econômica dos estudos da alimentação é universalmente reconhecida em nosso tempo e grande é o progresso realizado neste campo da ciência. Os modernos especialistas da higiene dietética sabem como corrigir as falhas e insuficiências do que comumente se come. Não basta saciar a fome: pode-se estar farto, mas mal alimentado. Comer muito não é o mesmo que comer bem. O homem, dizem os nutricionistas, não aprendeu ainda a comer como convém à boa conservação da saúde.

— Vá lá. Mas, fora do caso especial das prescrições dietéticas, somos forçados a reconhecer que a inteligência prática do homem se tem revelado sábia, na maioria das vezes, ao seguir os estímulos que a levam a buscar o alimento indispensável à própria conservação. Tais estímulos derivam da sensação da fome, que é, na opinião do biólogo catalão Ramón Turró,[1] a origem de todo conhecimento.

Em condições ecológicas satisfatórias, o homem se arranja de diferentes maneiras para a obtenção do alimento sadio e suficiente. Há casos, mesmo, que deixam de cara à banda os especialistas da dietética. O Dr. Pedro Escudero, que foi diretor do Instituto de Nutrição da cidade de Buenos Aires, referiu-se numa obra clássica[2] aos povos carnívoros e em particular aos argentinos, verdadeiros Pantagruéis do bife, os maiores consumidores de carne bovina. Nos vastos campos da terra argentina, o assado, o mate e a bolacha constituíam a base da alimentação diária, hábito alimentar que foi responsabilizado como causador de moléstias *cardioarteriais*. Baseado em estatística pessoal de milhares de doentes examinados, demonstrou o doutor Escudero que a alimentação cárnea, só por si, tinha valor muito relativo na produção da *arterioesclerose*. Lembrou

1. *Els origens del coneixement: la fam.* Barcelona, 1912.
2. Alimentação. Trad. dos Drs. W. Berardinelli e Hélio Póvoa. Rio de Janeiro, 1934, p. 51.

que os índios das Montanhas Rochosas, nos Estados Unidos da América, eram outro exemplo de que a alimentação cárnea, quase exclusiva, não oferecia inconveniente para a vida em pleno vigor e a perfeita conformação esquelética.

Mas o ensinamento mais eloquente acrescentava, vinha do estudo da alimentação dos esquimós. O caso é que um dos grupos humanos mais interessantes, no que diz respeito à alimentação, são os habitantes da costa noroeste da Groenlândia, contígua aos mares de Smith e Sound, os quais foram objeto de minudentes estudos por parte dos cultores da ciência da nutrição. Vivem da caça e da pesca e seus alimentos, roupas e combustíveis provêm dos animais da região. Estudada a sua alimentação, chegou-se à conclusão de que se baseia quase unicamente na carne de caça. Um médico que serviu numa expedição ao Labrador e Groenlândia (citado pelo Dr. Escudero), assegurou que a alimentação dos esquimós é excessivamente cárnea, o que os não impede de serem bem constituídos e desfrutarem de vigor pouco comum. Dizia ter examinado mais duma centena de esquimós, não consignando nem hipertensão nem afecções reais atribuíveis à alimentação. Essas experiências foram confirmadas posteriormente por outros investigadores, de modo a impor-se a convicção de que a alimentação exclusivamente animal, tendo como base carnes e órgãos, sobretudo fígado, rins, miolos, tutano, língua e gordura, pode ser mantida por largo tempo sem provocar doenças nos indivíduos sadios.

Os esquimós se denominam a si próprios *innuit*, vocábulo que quer dizer "homens". O *Skimantsic*, que significa "o comedor de carne crua", foi-lhes dado depreciativamente pelos seus vizinhos os algonquinos, tribos indígenas da América do Norte. Os esquimós, com efeito, comem o peixe cru e não são os únicos a fazê-lo:o pescado cru e o coco formam a base da alimentação dos indígenas em algumas das ilhas de coral, no Pacífico. Não quer isto dizer que esses rudes povos ignorem a arte de cozer ou guisar os alimentos, como se dá com todo o gênero humano, pois a definição familiar do homem como "*o animal que guisa*", segundo o antropologista Tyler,[3] não encontra exceção alguma tanto nos tempos antigos como nos modernos. Quase nenhuma tribo humana ingere seus alimentos

3. *Antropologia*. Madrid, 1902, p. 302 e 303.

sem os preparar. Conhecem-se poucos casos de indivíduos que comam carne crua. Tal fato é até motivo de zombaria para as tribos próximas que guisam seus alimentos.

Na Revista de la Asociación Argentina de Dietologia,[4] apareceu um comentário sobre a ração alimentícia do povo argentino do século XVIII, segundo se depreende de informantes da época. Nas longas jornadas que significava a viagem de Buenos Aires a Córdoba do Tucumán, os viajantes não comiam senão carne, água e mate amargo, cozido ou cevado. "Não entrava na dieta destes sofridos gaúchos coloniais (diz um viajante) um só grama de hidratos de carbono. Só carne e a gordura natural que podia conter uma rês selvagem, magra e cansada."

O autor do comentário da revista citada estudou aquela parca ração, mediante as fórmulas e tabelas que hoje constituem um instrumento de valor essencial em mãos dos dietistas. Calculado o teor alimentício de cada porção, no concernente a seu conteúdo em hidratos de carbono, gorduras e proteínas, em substâncias minerais e em vitaminas, a conclusão foi esta: um regime desarmônico, descalcificante e com escassas vitaminas. Como podia, pois, sobreviver em boas condições de saúde uma gente, ao parecer, tão mal alimentada? O autor esclareceu: as proteínas suficientes e sua parcial transformação em açúcares garantiam o valor plástico do regime, sua capacidade de ser assimilado e transformado, e a ingestão da erva-mate (cevada ou em infusão) proporcionava a quantidade necessária de vitaminas C, ausente aparentemente do regime por não estar integrado por vegetais frescos ou frutas cítricas. O estudo do regime suscitava outros problemas, sendo entretanto importante assinalar que a população argentina do tempo da Colônia, e particularmente o habitante do campo, achou na carne e no mate fontes suficientes de alimentação, que deram "um homem de constituição particular: alto, enxuto, rijo e vivo, inteligente e brigão, valente, paciente e trabalhador".

Note-se agora um depoimento dos mais interessantes por se tratar da sóbria alimentação do sertanejo do nosso Nordeste. Pode parecer que tal alimentação seja deficiente ou defeituosa do ponto de vista da dietética racional. Pois não é assim, assegura-nos um mestre da

4. Citada em editorial de *La Prensa*, Buenos Aires, edição de 20-2-44.

ciência da alimentação, o Dr. A. da Silva Mello, no seu livro Nordeste brasileiro.[5] As populações pobres dos sertões nordestinos, afirma-o decididamente, têm um regime alimentar que devia ser copiado pelas classes desfavorecidas que habitam, em conglomerados humanos pessimamente alimentados, as cidades do centro do país. Cita Rui Coutinho, que se refere à alimentação rural nordestina da seguinte maneira: *Pela manhã ou ainda de madrugada, toma café, apenas, com açúcar bruto ou rapadura; às 9 horas, almoço: um pedaço de charque (carne seca de boi), às vezes substituído por bacalhau com pirão de água (feito de farinha de mandioca); alguns, cujas condições pecuniárias o permitem, acrescentam um pouco de feijão; à noitinha, repetem a mesma alimentação.*" Nem verduras, nem frutas. "*Salada é comida de lagarto*", diz o caboclo, recusando-a, com desdém. Outro autor, citado também pelo Dr. A. da Silva Mello, verificou, através de inquérito, que cem por cento das famílias sertanejas consomem milho, mas milho amarelo, que encerra dose apreciável de vitamina A, vitamina B_1, riboflavina e vitamina E ou tecoferol. Milho pilado, entenda-se, e não em forma de farinhas refinadas, pobres em sais minerais e em vitaminas, que as populações das cidades habitualmente consomem. Também a rapadura, que é o açúcar do sertão, contém valores nutritivos superiores ao açúcar refinado. Não é no sertão que vivem os desnutridos, os fracos e combalidos, afirma categoricamente o ilustre nutricionista que estamos citando, mas, sim, nas cidades, nos centros de aglomeração humana, sobretudo nas capitais e em muitas cidades da zona fluminense do litoral e do interior, onde se encontram, por toda parte, indivíduos minados pela desnutrição. Indo mais longe no seu entusiasmo, diz mais, que a alimentação do sertanejo vale como "uma experiência viva e prodigiosa, cuja verdadeira significação precisamos investigar". E agrega, textualmente: "I*sso é mais sério e mais científico do que essas numerosas pesquisas de laboratório, feitas com ratos e coelhos e das quais são tiradas conclusões quanto à alimentação do ser humano.*"[6]

Surpreende a opinião de que a dieta frugal do sertanejo possa servir de exemplo como norma de boa alimentação. A observação é

5. Rio de Janeiro, segunda edição, 1964.
6.Obra cit., p. 24.

do doutor E. Roquette Pinto, que pondera a este propósito: "*O homem civilizado come demasiado. A dieta de baixas calorias* — low caloric diet, *de Pemberton — dá resultados admiráveis, em muitos casos. Falo por experiência própria.*"[7]

Não se vão negar, de forma alguma, as conquistas da ciência da nutrição, mas é forçoso reconhecer que o homem encontrou sempre, graças às suas observações empíricas, a alimentação adequada à própria sobrevivência.

Diz-se que o rebanho conhece melhor que o pastor a erva que lhe convém. Significa tal aforismo que o animal tem o instinto sempre certeiro da boa alimentação? Nunca se engana? Aparentemente, nunca, em face de certas condições favoráveis, e é capaz de se tirar de dificuldades em outras que o são menos. Assim acontece com o homem, quando as circunstâncias não o condenam ao tormento da fome.

7.Obra cit., *Prefácio*, XVIII.

4

OS MINEIROS COMEM MAL?

Numa obra que é uma verdadeira declaração de amor a Minas Gerais, o escritor Alceu Amoroso Lima (*Tristão de Ataíde*)[8] louvou a sobriedade da gente mineira, e disse, ao louvá-la, que "o mineiro come pouco e come da comida mais simples possível", de tal modo que "a cozinha e a adega mineiras seriam consideradas com desprezo pelos *gourmets*". Disse mais que "a mesa é sempre um acessório", em Minas, por isso que, no fundo, o homem mineiro a despreza, com a sua vocação irresistível para a predominância do espírito".

A que grupo de homens, classe social ou tipo de indivíduos pertence o "mineiro" a que se refere o escritor? Não o deixou esclarecido. Trata-se, acaso, do que se poderia denominar imprecisamente o "mineiro típico"? Existe esse padrão homogêneo de homem, distinguível na heterogeneidade da população brasileira? Claro que uma resposta afirmativa neste caso nada poderia traduzir de objetivo.

Dizia Joseph De Maistre que em suas viagens tinha conhecido muitos homens, mas nunca tinha visto "o homem" — essa abstração. Que é então o que pode ser "o mineiro", ou o que são "os mineiros"? Um aglomerado populacional, ou uma realidade antropológica que se pode definir?

Parodiando o escritor francês mencionado, diríamos que conhecemos muitos indivíduos oriundos de Minas, mas não conhecemos "o mineiro", ou "os mineiros", como grupo humano dotado de determinados caracteres gerais reconhecíveis empiricamente. Pode-se até afirmar, sem o risco de formular uma hipótese muito aventurosa, que a população de Minas Gerais é tão geograficamente diversificada como a flora e a fauna do seu vasto território, situado um tanto abaixo da zona equatorial e um pouco acima do trópico de Capricórnio.

8. *Voz de Minas*, Rio de Janeiro, 1945.

Nas páginas deste ensaio fala-se de mineiros, mas entendidos muito simplesmente como o conjunto dos habitantes do território de Minas, tanto os do passado como os do presente, de cujos hábitos alimentares mais comuns nos ocuparemos. Em que forma? Na única possível no caso: baseando-nos, não em rigorosas pesquisas próprias ou alheias, fundadas em observações, inquéritos e estatísticas (que não existem), mas através de testemunhos, depoimentos, notícias e outros curiosos elementos de informação, colhidos em variadas fontes.

De modo geral, pode dizer-se que o mineiro (entendido no sentido a que aludimos) é sóbrio no comer. Convenhamos, entanto, que a sobriedade é de todos os brasileiros. Dante Costa[9] ponderou o contraste existente entre o sensualismo alimentar dos portugueses, por ele "considerado como um dos traços marcantes da cultura lusitana", e a "ausência de interesse anímico dos brasileiros pelo alimento, atitude quase de ausência daquele sensualismo, tão facilmente observável entre as camadas populares do Brasil".

Comer bem pode ser um traço da cultura lusitana. Possivelmente o será, mas aplicado tão somente às classes mais favorecidas. As camadas populares, lá como cá, comem pessimamente. Referindo-se a um inquérito oficial publicado em 1938, em que se comparava o operário português ao estrangeiro, notava Antônio Sérgio[10] o quanto era débil o operário seu patrício devido à insuficiência de sua alimentação. Dizia o polígrafo português, explicitamente: "Higiene nenhuma, nutrição frugalíssima, passadios de fome, — pobreza, pobreza, e mais pobreza, — é o resumo da existência do nosso povo, de um extremo a outro de Portugal. Isto desde tempos recuados, desde a Idade Média, quando nada. Do próprio povo de Lisboa, no século XVI, se dizia que vivia pobremente, sendo a sua comida diária sardinhas cozidas, salpicadas.[11]

O *interesse anímico* pela boa cozinha não é tanto uma questão de cultura como um problema de recursos em vitualhas e vitaminas. Não é para quem quer, senão para quem pode cultivar um dos mais gratos prazeres da vida, o da bonachira. Reproduziremos, para encerrar esta breve digressão, o que se lê num guia-dicionário de gastronomia universal: "*Suculenta, um tanto pesada, abundante e*

9. *O sensualismo alimentar em Portugal e no Brasil.* Rio de Janeiro, 1952.
10. *História de Portugal.* Lisboa, 1941, tomo I, cap. VI, p. 225.
11. Obra cit., cap. VI, p. 221.

gorda, a cozinha portuguesa é a imagem do português, que gosta de comer bem e come mesmo além de seu apetite, não só por tendência epicurista, mas também por alguma coisa assim como um vago receio de perecer de inanição.[12] Mesa lauta, bem adubada, a do português glutão, candidato certo a um excesso de gordurinhas que se acumulam de preferência nos tecidos do ventre; mesa que conduz tanta vez ao sacrifício do fígado e do cólon e prepara o caminho para futuras apoplexias, dando razão a quem disse que "na indigestão dos ricos se vinga a fome do pobre".

Dizíamos... Ah, sim, dizíamos que, considerada em bloco, a população mineira está mal alimentada, fato que certamente corre por conta da pobreza econômica. No interior rural e nas favelas da capital é notório o estado de subalimentação que se observa nas classes mais desfavorecidas, num quadro de miséria que apresenta quase invariavelmente os mesmos aspectos: ignorância e atraso, prole numerosa, desocupação e fome.

O quadro, em boa verdade, é o mesmo para toda a população brasileira, tomada *grosso modo*.[13] Mais ainda: a maioria da humanidade alimenta-se com deficiência e o problema da fome se apresenta em nossos dias como o mais ingente e o que reclama mais urgente solução num mundo superpovoado.

12. DORÉ OGRIZEK, *Le Monde à table. Guide-dictionnaire de 1a gastronomie internationale.* Paris, 1952, p. 117.

13. Retire-se do DR. JOSUÉ DE CASTRO: "Todos afirmam, com maior ou menor vigor, que, sem dúvida, a alimentação no Brasil foi sempre má." (*A alimentação brasileira à luz da geografia humana*, Porto Alegre, 1937, p. 117).

Acrescente-se a opinião do DR. SÁLVIO MENDONÇA, em *Noções práticas de alimentação,* Rio, 1938, p. VII, Prefácio:

"No Brasil, em regra, come-se mal porque não se sabe comer. A desarmonia alimentar em nosso meio é frequente. A subalimentação, principalmente no sentido unilateral, é encontradiça, assim nos habitantes das zonas rurais, como nos centros urbanos."

Numa obra do DR. RUI COUTINHO a condenação alcança as camadas mais favorecidas da população: "No Brasil, a classe abastada, apesar de comer muito, não come bem. Não sabe se alimentar." (*Valor social da alimentação*, Rio, 1937, p. 35).

Cite-se mais um depoimento, o do DR. CLETO SEABRA VELOSO: "*As nossas classes abastadas* e grande parte da nossa *mediania* também pagam caro tributo pela ignorância e atraso com que se alimentam." E acerca da ração alimentar da nossa classe operária, da nossa classe pobre e do nosso sertanejo: "Todas estas classes vivem em eterna *fome crônica e fome qualitativa.*" (*Alimentação*, Rio, 1938, p. 193 e 197).

É a opinião da generalidade dos nutricionistas brasileiros. A boa razão, porém, se manifesta pela palavra do Dr. A. DA SILVA MELLO, apologista da comum mesa patrícia, quando diz:

"O problema da alimentação nacional, principalmente nas classes pobres e rurais, é antes de tudo um problema mais de *quantidade* que de *qualidade* alimentar." (*A alimentação no Brasil*, Rio, 1961, p. 32).

5

A FOME DO MUNDO.

O mundo deve preparar-se para alimentar mais um bilhão de pessoas que virão engrossar a população dentro dos próximos quinze anos. Tamanha cifra por si só espanta. Mas ainda mais espantoso é o fato de que quatro quintos deste total serão acrescidos às regiões menos desenvolvidas, que já sofrem a crise de alimentação.

Essas e outras palavras de advertência sobre a fome, que poderá dominar o mundo dentro de 20 anos, foram proferidas pelo Sr. Orville Freeman, Secretário da Agricultura dos Estados Unidos na abertura do Congresso Pan-Americano de Conservação do Solo, realizado em São Paulo em dias de abril de 1966. A situação da América Latina, ponderava, tende a alcançar a mais alta taxa de crescimento demográfico do mundo. Há cerca de 15 anos, as populações da América do Norte e da América do Sul, equivaliam, mais ou menos, a 170 milhões de habitantes. As Nações Unidas preveem hoje para os Estados Unidos uma população de 300 milhões de pessoas por volta do ano 2000. A mesma previsão para a América do Sul apresenta a população desta parte do continente atingindo quase 600.000.000.

Se as previsões das Nações Unidas se concretizarem, dentro de exatamente 34 anos haverá mais de 340 milhões de novas bocas a alimentar neste continente.

Continuando, perguntava o Sr. Freeman: "Diante deste rápido aumento populacional, que está acontecendo à produção da América Latina nos últimos anos?" E respondia: tem realmente aumentado; sim, tem corrido muito, mas sem sair do mesmo lugar. Apesar da melhoria registrada em alguns países, os suprimentos de alimentação *per capita*, na América Latina, são mais baixos que nos anos anteriores à guerra mundial, quando a América Latina ocupava o lugar mais importante na pauta das exportações de gêneros alimentícios para o mundo.

Faz poucos anos, William Vogt, numa obra que causou sensação,[14] postulava a gravíssima questão: as populações aumentam, a terra se esgota — comeremos amanhã? Outros economistas entraram no coro das lamentações e dos maus presságios: a erosão dos solos, acrescida da multiplicação dos homens, reduziria a humanidade à fome.

Não faltam vozes otimistas que nos queiram tranquilizar, assegurando-nos que ainda há no globo grandes zonas inexploradas e a física e a química de nossa época podem operar milagres na multiplicação dos produtos naturais e criação de substâncias alimentícias de tal espécie que, mesmo em pequeníssimas doses, bastariam para sustentar satisfatoriamente um mundo de alguns bilhões de estômagos. A ciência está inda em cueiros, alegam, e pode operar maravilhas também nesse campo. Enquanto isso, os homens continuam a reproduzir-se como insetos, a pululação humana torna inevitáveis as guerras pela conquista de espaço vital e, por outra parte, as doenças da desnutrição dizimam milhões de criaturas. Nem por isso o formigueiro humano deixa de crescer. Não há formicida que o extinga. E os que têm fome não podem esperar pelas pílulas alimentícias com que nos acenam para os tempos futuros.

Para agravar o caso, uma notícia aterradora procede de Washington. Um cientista norte-americano, o Prof. Mjames Bonner, do Instituto Tecnológico da Califórnia, declarou que a população da terra cresce com um ritmo tão rápido que, dentro de setecentos séculos, cobrirá materialmente a inteira superfície das terras habitáveis, a tal ponto que não haverá nem mesmo espaço para a gente sentar-se.

Mas antes dos setecentos séculos — *Qué largo me lo fiáis!*, dirá alguém ao modo de D. Juan — antes desse tempo todo a que se referiu o cientista norte-americano, possivelmente muitíssimo antes, a esfaimada humanidade terá conhecido os horrores infernais padecidos pelo Conde Ugolino, a roer os próprios punhos antes de cevar-se na carne dos filhos, encerrados com ele na torre dantesca.

— Até lá, já não serei deste mundo, pensará algum egoísta, indiferente à sorte da espécie humana. *Après moi... la famine*.

14. *La faim du monde*. Trad. fr. do original inglês *Road to Survival*. Paris, 1950.

6

OS COMEDORES DE BIFES E OS OUTROS.

Dito de modo geral, os povos que comem mais e melhor são, como é fácil imaginar, os que gozam de padrão de vida mais alto: os norte-americanos e os ingleses. Podiam-se citar ainda os escandinavos, os holandeses, os alemães, os suíços, poucos mais. Fiquemos, porém, com os anglo-saxões.

"*À exceção talvez dos americanos, os ingleses são, tenho este receio, os mais fortes comedores do mundo.*" Disse-o um escritor inglês, Aldous Huxley,[15] referindo-se, como é bem de ver, à classe mais favorecida dos seus patrícios. E acrescentava: "Os franceses e os italianos comem normalmente um pouco mais da metade do que consomem os ingleses abastados. Os árabes e os hindus aproximadamente a terça e a quarta parte."

Estaremos os brasileiros abaixo do nível gastronômico de árabes e hindus? Não saberíamos dizer nem sim nem não.

Na Itália, o povo inglês é apelidado "*il popolo dei cinque pasti*". Cinco refeições por dia, efetivamente, são de regra: *o morning tea, o breakfast*, o almoço entre as 12 e 13 horas, o chá e o jantar. Não é grande a diferença entre a cozinha norte-americana e a inglesa, esta, um pouco mais sólida que aquela, se se leva em conta a sua preferência pela carne. A Inglaterra é um país carnívoro, terra de comedores de bifes.

Os ingleses são fortes porque comem muito, diziam os hindus antes de alcançarem a autonomia política; se os hindus também comessem muito, expulsariam os ingleses da Índia. Estes argumentos impressionavam a Gandhi, que via na carne o segredo da supremacia britânica.

Nos restaurantes ingleses de boa categoria é comum o espetáculo dos cozinheiros conduzindo por entre as mesas os seus carrinhos

15. *Tour du monde d'uns scéptique*, Paris, 1932, p. 184.

de serviço, pesados de enormes postas de *roast beef* ainda quente da chama das grelhas. Manejando com destreza as longas facas, depõem nacos substanciais no prato dos fregueses que os recebem com o olhar contente. Também se encontrarão, invariavelmente, as saborosas costeletas de carneiro e o suculento assado de rins, o variado *mixed grill*, o bom picadinho escocês, seguidos do delicioso *Cheshire cheese*, do *plum cake* ou do tradicional pudim de York, tais como, em outros tempos, eram servidos a Dickens e a Sam Johnson, a Tennyson, Goldsmith e Thomas Hardy.

Os britânicos não gozam da reputação de finos gastrônomos, ao contrário do que acontece com os franceses ou os chineses. Orgulham-se todavia de sua velha cozinha, simples, sadia e substancial, e não carecem de razão. Já os franceses, esses se ufanam de terem os melhores cozinheiros do mundo civilizado. Os outros povos entendem diversamente a alimentação, só eles entendem *a cozinha*: disto se gabam. Não há dúvida de que a *cozinha clássica* francesa (que não é a mesma *cozinha burguesa*; das famílias, diversa também das *regionais*) desfruta o melhor conceito em todo o mundo e é em francês que se redigem em toda a parte os *menus* de banquetes e dos restaurantes de categoria.

A gastronomia floresceu na Itália antes de requintar-se na França. Segundo o Marquês de Cussy (*Les classiques de la table*), os franceses não sabiam comer nem sentar-se à mesa quando chegaram a Paris, com as rainhas Catarina e Maria de Médicis, "*les délicatesses des tables italiennes*".

Mas o certo, certo, é que comer bem não é privilégio de nenhum povo. E cabe também aqui dizer: *de gustibus*... isto é, de *gustemas* não se discute. *Gustemas* (o neologismo é de C. Levy-Strauss) por analogia com morfemas, cromemas... Empregado neste passo: "*Como a língua, parece-me, a cozinha duma sociedade é analisável em elementos constitutivos que se poderiam chamar, no caso, de "gustemas", os quais se organizam consoante as estruturas de oposição e de correlação.*"[16] Por exemplo, o ácido e o doce se distinguem na cozinha francesa, onde mutuamente são excluídos, mas se juntam ou se fundem na cozinha chinesa, ou na alemã.

16. HENRI LEFEBVRE, *La somme et le reste*, Paris, 1959, 1, p. 319

A análise estrutural de determinadas cozinhas dará resultados cientificamente interessantes, sem envolverem, entretanto, abusivos juízos de valor, puras questões de gosto.

A arte culinária é na China uma das mais importantes expressões da civilização, só comparável à música; arte, por assim dizer, espiritualizada, em que o prazer da mesa se converte não apenas no contentamento do gosto, mas da vista, do olfato e do tato. Enquanto na Europa se comia com a mão, até mesmo nas pomposas cortes do século XVII, os chineses conheciam as boas maneiras à mesa e comiam com o auxílio de graciosos pauzinhos. De um exotismo refinado, os gostos alimentares desses epicuristas orientais brigam em muitas coisas com o paladar dos ocidentais. É certo. Nosso paladar estranha acepipes como raízes de lótus, brotos de bambus, pétalas de magnólias, miolos de galinha, línguas de pato, ou mesmo o molho de soja usado em lugar do sal. Podemos recusá-los, mas sem os escatimar.

Não se discute. Em Londres, Paris, Hamburgo, Nova York ou Tóquio, um brasileiro sentirá saudades dos petiscos de sua terra: camarões à baiana, peixe à brasileira, feijoada completa, vatapá, moqueca de camarão, picadinho com arroz, galinha com angu e quiabo, goiabada com queijo de Minas. O argentino de robusto apetite também as sentirá ao pensar nos seus suculentos pratos nacionais, como o *asado con cuero*, a *parrillada* mista, a *carbonada* e, *a* sobremesa, a deliciosa *carne de membrillo*, que não é senão a nossa geleia de marmelo. E certamente um esquimó comedor de carne crua não trocará o seu naco de foca ou de baleia pelo mais macio filé com batatas, servido no restaurante do Hotel Astor de Nova York.

A COMIDA DOS MINEIROS

"O problema da alimentação nacional, principalmente nas classes pobres e rurais, é antes de tudo, um problema mais de *quantidade* que de *qualidade alimentar*." — A DA SILVA MELLO, *A alimentação no Brasil*.

Capítulo 1

Nos primórdios do povoamento das Minas Gerais. – Fartura de ouro e penúria de alimentos. – O "bicho da taquara". – Fome de gêneros. – Preços altos. – A mandioca e o milho. – O gado bovino. – A quem aproveitou o ouro?

O povo nas Minas Gerais nunca conheceu a fartura de alimentação. A comida dos paulistas que penetravam no interior do país para a caça do íncola e a procura de metais preciosos era das mais pobres, excetuada, é claro, a de alguns poucos potentados. O alimento básico da maioria da população achava-se no milho e na mandioca. As plantações de mandioca eram insuficientes e na canjica se dispensava o sal, porque este ingrediente não chegava para todos.[17]

Uma vez extinto o gentio da costa do mar, desde Paranaguá até a Capitania do Espírito Santo, passaram os aventureiros paulistas ao sertão, reunidos em bandeiras, chegando alguns ao Distrito do Rio das Mortes e ao Ouro Preto, onde se haviam descoberto as primeiras ocorrências auríferas. Nas suas incursões de preadores e escravizadores de índios, como se alimentavam? Com o que lhes deparasse o acaso, a saber, todo gênero de caças, antas, veados, capivaras, macacos, quatis, onças, cervos e aves, e muitas vezes,

17. CAPISTRANO DE ABREU, *Capítulos de história colonial*, Rio, 928, p. 152.

cobras, lagartos, formigas e até "uns bichos mui alvos que se criam em taquaras e paus podres". Isto no que respeita a caças e bichos. Serviam-se ainda de mel de abelhas, porcos, palmitos de muitas castas, e grelo da samambaia, carás do mato, raízes de pau e outras variedades que a necessidade inventava. Não faltava o peixe porque traziam anzóis e linhas, e este peixe o coziam em taquaras quando era miúdo e grosso o assavam. Tal o depoimento dum missivista anônimo de 1717, citado pelo historiador Afonso de E. Taunay.[18]

Pouco depois de 1690 descobrem-se no Riacho Tripuí os primeiros granitos de aço, logo *reconhecidos* como finíssimo ouro. Outros *placers* auríferos surgem em diferentes partes do território denominado das Minas Gerais. O ouro borbota à flor dos ribeiros. Propaga-se rapidamente a notícia por todos os recantos do Brasil e de Portugal. Começa o grande *rush*. Acorrem aventureiros de toda condição, homens e mulheres, moços e velhos, brancos, pardos, pretos, nobres e plebeus, seculares, clérigos e religiosos de diferentes institutos, espicaçados todos pelo afã de enriquecer depressa, sem cuidar das asperezas dos caminhos e da dureza dos trabalhos e perigos que tinham de enfrentar. Largam tudo, vendem seus bens (se os possuem), abandonam mulher e filhos, interrompem seus noivados. Se a partida é um drama, o transcurso da viagem será outro, penosíssimo, talvez mortal. Em pouco, mais de trinta mil almas se afadigam, umas em catar nos córregos e outras em negociar, vendendo ou comprando o que era de mister para o mantimento ou o regalo da afluente população.

Formam-se os primitivos aldeamentos de mineradores, improvisados arruamentos de cafuas mal dispostas ao longo dos cursos de água ou à beira dos grotões, junto das catas minerais ou onde quer que se achem as cobiçadas pepitas e folhetas auríferas. Cata-se muito ouro nas faisqueiras, que passa rápido das mãos suadas do minerador para a bolsa do regatão que o provê do necessário ou mesmo do supérfluo, se podia pagá-lo.

Mais difícil do que descobrir ouro, observou um velho cronista, era o problema de alimentar os mineiros. Pouco se plantava. O produto das roças era escasso e caro. Referindo-se aos primeiros trabalhos de mineração no Ribeirão do Carmo, escrevia o missivista anônimo por nós já mencionado:

18. *História geral das bandeiras paulistas*, tomo 90, 1948, p. 135.

"E era tal a falta de mantimentos, que se vendia no Ribeirão um alqueire de milho por 20 oitavas e de farinha por 32 e o de feijão por 32; uma galinha por 12 oitavas, um cachorrinho ou gatinho por 32, uma vara de fumo por 5 oitavas e um prato pequeno de estanho cheio de sal por 8. E tudo o mais a este respeito por cuja causa e fome morreu muito gentio, tapanhunos e carijós, por comerem bichos da taquara que para os comer é necessário estar um tacho no fogo bem quente e aliás vão botando os que estão vivos logo bolem com a quentura que são os bons e se se come algum que esteja morto é veneno refinado."[19]

Comer o "bicho da taquara" era hábito alimentar do nosso gentio, que muito apreciava esse gusano, como nos refere o Padre Anchieta nas suas *Cartas*, publicadas pela Academia Brasileira de Letras: "Nascem entre as taquaras certos bichos roliços e compridos, todos brancos, da grossura de um dedo, aos quais os índios chamam *raú*, e costumam comer assados e torrados. Há-os em tão grande porção, indistintamente amontoados, que fazem com eles um guisado que em nada difere da carne de porco estufada..."

Os escravos, esses, vivendo em condições infra-humanas, andrajosos ou seminus, eram os que mais sofriam com a pobreza da alimentação. Na pinga e no tabaco buscavam compensar de algum modo as insatisfações do estômago e mitigar as agruras do rude trabalho das lavras, onde permaneciam de sol a sol, com o corpo metido até a cintura nos ribeiros, manejando a bateia.

"Indivíduos tão alucinados pelo ouro havia que, vindos da distância de 30 e 40 dias de jornada, partiam sem provimento algum. Assim, pelo caminho, muitos acabaram de irremediável inanição. E houve quem matasse ao companheiro por lhe tomar uma pipoca de milho que do seu borralho saltara para o do outro, dos poucos grãos que cada qual tinha para alimentar a vida naquele dia. Em vasta escala naquelas terras comprovava-se o provérbio de que fome não tem lei."[20]

Os primeiros habitantes não pensavam em perder tempo nas canseiras do amanho e plantio da terra, que ademais era das mais sáfaras na região das lavras. A falta de caminhos agravava sobremaneira o problema do abastecimento, estudado na minuciosa monografia da

19.Em AFONSO DE E. TAUNAY, obra citada, p. 121.

20. Obra cit., p. 115.

escritora D. Mafalda P. Zemella.[21] Fora dos caminhos que levavam às muitas barreiras para a cobrança dos direitos de passagem, a Coroa não permitia a abertura de outros e os existentes não passavam de trilhos, a princípio palmilhados unicamente por pedestres. Só passado algum tempo o dorso do escravo foi substituído pelo lombo do burro. Criminosos e negros fugidos assaltavam tropas com carregamentos de gêneros e outras mercadorias, perturbando a atividade de negociantes e tropeiros. Por todos esses motivos, foi tal a escassez de mantimentos, que houve uma grande fome em 1698, outra em 1700 e ainda uma terceira, em 1713, a da colônia de Pitangui. Muita gente se retirou a caçar nos matos ou voltou aos seus povoados de origem. Nos anos seguintes, já com as roças produzindo, voltaram os mineiros a lavrar.

Já ao tempo do Conde de Assumar, que governou a Capitania das Minas de 1717 a 1721, grande como era a necessidade de carne bovina, indispensável à alimentação dos mineradores, havia-se incrementado a importação de gado, procedente de São Paulo, Curitiba e notadamente dos sertões da Bahia e Pernambuco. O Conde calculava em 18 ou 20 mil cabeças de bovinos o consumo anual dos moradores, que seriam então uns 30.000. Para regularizar a importação, estabeleceu o Governador contratos de fornecimento de carne e aconteceu que o estanco oriundo dessa medida provocou sérios descontentamentos que teriam concorrido para o desfecho da luta entre paulistas e emboabas. Por outra parte, o estanco da aguardente, produto considerado então quase tão necessário como os gêneros alimentícios, chegou a provocar um começo de revolta na Vila de Pitangui, em 1720.

Dos sertões da Bahia abriu-se uma picada para trazer algum gado para a população das minas. Mas a cabeça de gado era cara e o transporte cheio de perigos. Campos e montanhas haviam sido despojados de víveres silvestres e caça pela gente que tudo consumira. Internar-se nos sertões inóspitos era arrostar a falta de caminhos, as abruptas montanhas e as aspérrimas brenhas, os brejos e atoleiros, os rios a passar a vau ou a nado; era enfrentar os bugres, as feras e as cobras na solidão da mata que escondia o animal desconhecido, a erva venenosa, a moita traiçoeira, não se falando na peçonha das

21. *O abastecimento da Capitania das Minas Gerais no século XVIII*, São Paulo, 1951, p. 220-221.

vespas, na ferroada dos carrapatos e na picada das mutucas, e ainda na ameaça da mosca varejeira que põe o bicho na ferida dos animais e no nariz dos que dormem ao ar livre. Cada um, com o seu comer frugalíssimo na sacola, partia confiante, desvairado pela miragem do ouro. E esperava-o muita vez o pior dos padecimentos: a fome.

Que comia o faisqueiro na sua lavra? Comia do pouco que se plantava nas roças. Milho, feijão, farinha de pau e alguma fruta da terra eram o cotidiano sustento dos paulistas. Não era outro o dos primeiros mineradores. O escravo negro, pau para toda obra, armava o tripé de varas, fincado no chão e pendurava nele o caldeirão de ferro em que se cozinhava o feijão com toucinho, servido em pratos de estanho. Estendia-se a farinha ao sol numa toalha e ao lado não faltava o ancorote de água ou aguardente. Galinha, ovos e doces, quando os havia, muito raros, eram tudo por preço da hora da morte. Na Vila Rica e arredores, a gente não cuidava de plantar o indispensável à alimentação, ocupada unicamente em minerar e outros misteres menos trabalhosos, como se lê no *Itinerário geográfico* de Francisco Tavares de Brito, publicado em Sevilha no ano de 1732:

"He esta Villa falta de tudo o que depende de Agricultura, assim, que todo o mantimento lhe vem dos referidos campos por distância de três, quatro e cinco legoas."

A escassez de alimentos perdurou durante todo o período colonial, não só no território mineiro como na região dos engenhos. Ainda em fins de Setecentos a situação da crise de artigos de subsistência revelava-se em documentos oficiais. Os governadores empenhavam-se em que os lavradores plantassem não só a mandioca, mas feijão e milho, para abastecer os povos.

A mandioca era o principal sustento e o pão diário das populações. Vinha em seguida o milho, a grande dádiva alimentar da terra americana. O anônimo de 1717, citado, enumerava algumas das "muitas comidas que se fazem de milho": pipocas, curau, pamonhas, farinha, cuscuz, biscoitos, bolos, alcamonias, catimpuera, aluá ou cerveja de milho verde, aguardente, canjica, que "os ricos comem, por gosto e os pobres por necessidade". O fubá servia principalmente para fazer o angu dos negros, cozido em grandes quantidades em tachos de água quente.

Novas e mais ricas ocorrências de minério aurífero suscitam outras entradas de aventureiros. Pouco a pouco se regula o abastecimento do território mineiro. Desaparecia o perigo da fome, mas tudo se vendia por preços altíssimos.

Antonil-Andreoni, o "maravilhoso inacino", como lhe chama Capistrano de Abreu, dá em sua monografia famosa alguns dados comparativos entre o preço de determinados artigos de consumo em São Paulo e nas minas do ouro, pelo ano de 1703. Assim, um alqueire de farinha que em São Paulo custava 640 rs., nas minas valia 43.000 rs.; uma libra de açúcar, 120 rs. em São Paulo e 1.200 nas minas; uma galinha, lá 160 rs., aqui 4.000 rs.; um boi de corte, lá 2.000 rs., aqui 120.000; um escravo negro que na costa valia 85 e 100 mil réis, nas minas se negociava pelo triplo e até pelo sêxtuplo. E o mais nessa proporção.

"Estes preços tão altos, e tão correntes das minas", escrevia o jesuíta, "foram causas de subirem tanto os preços de todas as cousas, como se experimenta nos portos das cidades e vilas do Brasil, e ficarem desfornecidos muitos dos engenhos de açúcar das peças necessárias; e de padecerem os moradores grande carestia de mantimentos, por se levarem quase todos, aonde vendidos hão de dar maior lucro.[22]

A quem aproveitou a tão apregoada e sem dúvida muito exagerada opulência das Minas Gerais? Ficou aqui muito pouca riqueza. Alguns potentados paulistas e reinóis angariaram grandes cabedais, vivendo com pompa e ostentação; mas, pelo geral, o ganho dos que labutavam nas lavras escorria quase todo para as unhas dos mercadores de gêneros, escravos, panos e bugigangas, interessados na elevação exagerada dos preços. Nestes negócios se empenhavam sobretudo os portugueses, que tentavam monopolizar a venda da aguardente, do fumo e do corte da carne de vaca, enriqueciam em poucos anos e logo se passavam ao Reino, onde levavam vida regalada.

Também não aproveitou muito a Metrópole. O ouro foi drenado para a manufatureira Inglaterra, e segundo a opinião de alguns historiadores teria originado naquele país a revolução industrial, nem mais nem menos que a era do maquinismo. Por toda a parte, ainda em nossos dias, se observam cavernas e socavões, "donde se há tirado imensidade de ouro, mãe do luxo, que enfraquece o Estado, enriquecendo as nações estrangeiras", como dizia o Aires de Casal. Em boa verdade, a imensidade de ouro não foi tanta como se

22. *Cultura e opulência do Brasil por suas drogas e minas*, S. Paulo, 923, p. 220.

crê e diz. Baste-nos citar o que escreveu um especialista da economia brasileira. José Pires do Rio:[23]

"Curioso de notar-se é o fato de que o Transvaal de hoje, nos três últimos anos, de 1925 a 1927, produzindo lib. 120.000.000 de ouro metálico, forneceu tanto ouro quanto o Brasil colonial em mais de um século de trabalho mineiro."

23. "*Traços da evolução econômica do Brasil*", *in Revista do Instituto Histórico e Geográfico de São Paulo*, t. 27, p. 15.

Capítulo II

A jornada que fez o Conde de Assumar do Rio de Janeiro a Vila Rica e o que comeu no caminho. – O macaco, fina caça. – A içá, um petisco? – Informações de velhos cronistas. – Invenção indígena? – Opinião de Freireyss. – Sátira aos papa-formigas. – Entusiasmo de Lobato. – A palavra do especialista em nutrição.

Documento dos mais curiosos é o "Diário da jornada, que fez o Exmo. Sr. Dom Pedro desde o Rio de Janeiro até a cidade de São Paulo e desta até as Minas, no ano de 1717", existente na Academia das Ciências de Lisboa e publicado em cópia, por iniciativa de Luís Camilo de Oliveira Neto, na *Revista do Serviço do Patrimônio Histórico e Artístico Nacional*, n.º 3, 1939. Logo após sua nomeação como Governador da Capitania unida de São Paulo e Minas Gerais, D. Pedro de Almeida e Portugal, Conde de Assumar, dirigiu-se, apenas chegado ao Brasil, do Rio de Janeiro ao território das Minas de Ouro, passando por São Paulo. O relato dos incidentes da viagem, que durou pouco mais de quatro meses, é feito por um companheiro anônimo do Governador. Além das indicações de caráter geográfico, refere-se o Diário aos meios de viagem utilizados, à situação de povoados e vilas e aos usos e costumes dos habitantes, tudo observado e descrito com exemplar objetividade. O assunto da alimentação muito preocupou o diarista e os dados que a esse respeito registra são os que nos interessam aqui.

Dom Pedro, e sua comitiva, mais duma vez, nos ermos em que pousavam, quase passaram fome em razão do pouco ou quase nada que lhes ofereciam para comer. Em Santos e São Paulo, pequenas vilas de algumas centenas de casas, o passadio não foi de todo mau. Comia-se comumente o que as roças produziam, isto é, milho, mandioca, feijão e algumas frutas da terra, que era habitual sustento dos paulistas, não se comendo carne senão em alguns dias do ano. Penetrando no interior, com alguns dias de jornada, só encontraram para cear, no rancho dum paulista, meio macaco e umas poucas formigas, que era tudo quanto se achava. O Conde agradeceu a oferta e indagou que sabor tinham aquelas iguarias. Respondeu o paulista que não havia naqueles matos circunvizinhos caça mais delicada e que as formigas eram tão saborosas, depois de cozidas, que nem a melhor manteiga de Flandres a igualava.[24]

Falando da excelência da carne de macaco, muito estimada pelo íncola do Brasil, informava numa de suas cartas o Padre Anchieta: "é comida muito saudável para os doentes".

Comer formiga é, provavelmente, invenção indígena, ao menos em nossa terra, porque em outras também se comem. No primeiro século do Brasil Colônia, o cronista Gabriel Soares de Souza comparava o sabor da tanajura às passas de Alicante, dizendo mais que tucupi com saúva triturada era prato muito apreciado pelos índios tapajós.[25] E os jesuítas, preocupados com a extinção da pior praga do país — "ou o Brasil acaba com a formiga, ou a formiga acaba com o Brasil" —, aconselhavam o consumo diário das tanajuras na alimentação. Outro cronista, o capuchinho Yves d'Evreux, depôs que, no último quartel do século XVI, as aldeias se despovoavam ao enxamear das saúvas, correndo homens, mulheres e crianças a dar caça às içás, a que tiravam as asas para depois as torrar e comer.

O naturalista alemão G. W. Freireyss, que percorreu algumas partes do interior do Brasil pelos anos de 1814 e 1815, assim se referiu ao hábito de comer tanajuras entre a população de Minas:

"Esta é a época [outubro] em que milhões são consumidas pelo homem e pelos pássaros. Torram-se com gordura aos grossos abdomes das fêmeas, cheios de ovos, que segundo a opinião de todos é um verdadeiro petisco. O tórax, com a cabeça e asas, joga-se fora".[26]

24. "Diário da jornada, que fes o Exmo. Sr. D. Pedro desde o Rio de Janeiro athe a Cidade de São Paulo..." in *RSPHAN*, nº3, 1939, p. 308.

25. Citado pelo Prof. PIRAJÁ DA SILVA em nota a GABRIEL SOARES DE SOUSA, *Notícia do Brasil*, Biblioteca Histórica Brasileira, São Paulo, s/d., tomo 2.º, p. 173.

Na mesma nota: "As formigas neutras, ápteras, são as saúvas; as fêmeas, aladas, são conhecidas por içá, em São Paulo e em geral pelos sulistas. Na Bahia, em Minas e Espírito Santo chamam-na tanajura." Ainda na mesma nota, cita-se A. VON IHERING: "antigamente os roliços abdomes das içás eram expostos, à venda, nos mercados e as tanajuras torradas ou em paçoca ainda são petisco apreciado".

26. "Viagem no interior do Brasil..." Trad. Dr. ALBERTO LÖFGREN. Na *Revista do Instituto Historico e Geographico de São Paulo*, Vol. XI, 1906, p. 163. (Publicado na col. "Reconquista do Brasil" nova série — vol. n.º 57).

Os paulistas, notadamente os filhos de Taubaté, conservaram até nossos dias a fama de *papa-formigas*. Entre as sátiras de Francisco José Pinheiro Guimarães, poeta carioca da primeira metade do século passado, havia uma, feita na mocidade, que feria os paulistas, e assim começava:

Comendo içá, comendo cambuquira,
Vive a afamada gente paulistana,
A mesma a quem chamei gente caipira,
Que parece não ser da raça humana.

Um petisco, a formiga? Não qualquer formiga, entenda-se, mas a saúva, a içá. Não torçam o nariz com repugnância ou desdém. Neste caso, tudo não passará de preconceito alimentar que a razão não justifica. Em louvor da saúva alada — da tanajura torrada, que também se come em Minas e em outras partes do país — falará um ilustre filho de Taubaté, o escritor Monteiro Lobato. Em carta a seu amigo Godofredo Rangel, escrevia Lobato em data de 20-11-1903:

"Não és capaz, nunca, de adivinhar o que estou comendo. Estou comendo... Tenho vergonha de dizer. Estou comendo um companheiro daquilo que alimentava São João no deserto: içá torrado! Sabe, Rangel, que o içá torrado é o que no Olimpo grego tinha o nome de ambrosia? Está diante de mim uma latinha de içá torrado que me mandam de Taubaté. Nós, taubateanos, somos comedores de içás. Como é bom Rangel! Prova mais a existência do Bom Deus do que todos os argumentos do Porfírio de Aguiar. Só um ser Onipotente e Onisciente poderia criar semelhante petisco."[27]

Um deputado pernambucano chamou recentemente a atenção dos poderes públicos para certo fato que o escandalizara. Disse que trabalhadores do seu Estado se alimentavam de formigas, "à falta de comida". Pronunciando-se sobre o caso, o médico Hélio Vecchio Maurício,[28] do Instituto de Nutrição, do Rio de Janeiro, interpretou-o como recurso "usado em época de restrição alimentar, ou como uma particularidade ou deformação do apetite". Disse não haver inconveniente maior em consumir na alimentação formigas.

27. *A Barca de Gleyre*. São Paulo, 1944, p. 14.
28. *Correio da Manhã*, edição de 29-4-65.

Nem havia novidade no comer insetos, pois os chineses e outros povos consomem na alimentação insetos, ratos e outros produtos animais que nos causam estranheza. Quanto ao conteúdo alimentar, esclarecia o mencionado médico, a saúva, como outros insetos, contém no organismo taxas moderadas de proteínas da ordem de 5% e pequenas quantidades de gorduras e sais minerais.

Não é agradável ao paladar comum? Experimente comê-la o leitor, se não lhe repugna, e talvez concorde com o entusiasmo de Monteiro Lobato.

Capítulo III

Ao expirar o século do ouro. – Hábitos de comer à mesa. – Situação econômica: a mineração, a agricultura e a pecuária. – O café, o chá da Índia e a congonha.

As notícias acerca do ouro e dos diamantes do Brasil corriam mundo e, coloridas pela lenda, fascinavam a imaginação dos estrangeiros. Era aqui o novo Eldorado. Colhia-se muito ouro na vasa dos regatos e achavam-se diamantes, às vezes grandes como ovos de pombo, na água das enxurradas. Acontecia, porém, que o governo português não permitia a entrada de estrangeiros, com o receio de que descobrissem e lhe arrebatassem as riquezas ocultas no interior do país. Foi assim até a chegada do Príncipe Regente, quando se consentiu na entrada de viajantes ingleses, filhos da nação aliada de Portugal. Logo depois se permitiria também, oficialmente, a entrada de viajantes e cientistas de outras nacionalidades. A grande província das minas de ouro e diamantes era a que mais atraía a todos. Do que viram e observaram em suas excursões pelo interior — trabalhos minerais, lavoura, fazendas, usos e costumes, as várias particularidades da vida pública e privada — deixaram os forasteiros depoimentos valiosos, que constituem hoje o que há de mais interessante na bibliografia brasiliana relativa ao século passado. As impressões dos viajantes, objetivas ou verazes tanta vez, curiosas sempre e não raro também fantasistas e mesmo mentirosas, podem reduzir-se a um mínimo denominador comum: o do espanto que a todos causava o contraste das riquezas naturais e da pobreza humana.

Até os primeiros anos do século da Independência, o quadro da vida nas vilas e povoados de Minas era o mesmo observado no século XVIII. Ruelas tortuosas e ladeirentas não tinham calçamento nem iluminação pública. Só podiam ser transitadas à noite por quem levasse lanterna, ou caso houvesse luar. De dia, atravancavam os logradouros público galinhas, vacas, cavalos, porcos e cabras. Rocha Pombo esclarece-nos acerca de alguns costumes da vida na cidade colonial, como por exemplo o que se refere à mesa das famílias remediadas ou mesmo ricas:

"À mesa ordinariamente só se assenta o dono da casa, e quando muito os filhos já casados, e algum hóspede de consideração. Mesmo nos dias de festa, tomam os homens assento a um dos lados da mesa, e as mulheres ao outro, todos em bancos. Quase sempre, come-se com as próprias mãos. Só muito tarde é que se foi introduzindo o uso de talheres. Ainda assim, até depois da Independência, em muitas vilas do interior, nem todas as pessoas sabiam servir-se senão da colher. O mais que de gentil podia fazer o dono da casa a um comensal de distinção era cortar a carne e oferecer-lha assim... mesmo porque na mesa não havia mais de uma faca. Logo depois da fase do ouro, faziam os ricos questão de ter baixelas de preço, mais por luxo do que para uso. O mesmo que comia a sua farinha com as próprias mãos, chegando um hóspede ilustre, fazia descer das prateleiras as porcelanas, os cristais e as pratarias."[29]

Os documentos escritos do passado falam quase invariavelmente da decadência das Gerais, de potentados cobertos de dívidas, do descontentamento dos mineradores, de indolência, incúria e ruína. D. Rodrigo de Meneses, em 1780, propõe para "vivificar as cadavéricas Minas" (assim se exprime), em face da situação de pobreza duma Capitania que não era agrícola nem comercial e só vivia da mineração em contínuo descenso. Em outro documento do mesmo ano, a notável *Instrução para o governo da Capitania das Minas* Gerais,[30] O desembargador José João Teixeira Coelho fala da pobreza das Minas. Os mineiros, escrevia o desembargador, faltos de cabedais e onerados com muitas dívidas, não podiam abalançar-se a fazer serviços custosos. Contentavam-se, pela maior parte, em serem simples faiscadores. Em alguns sítios de suas terras se ocultavam ricas formações e veeiros de ouro. Para extraí-lo, porém, era preciso realizar vultosos serviços que excediam de muito as suas possibilidades. Agravavam as dificuldades, dizia a *Instrução*, o mau método de minerar e a falta do braço escravo, escasso e caro.

29. "A vida na cidade colonial", *in Correio da Manhã*, edição de 2-1-1929
30. *Revista do Archivo Público Mineiro*, VIII, 1903, p. 399.

O autor da *Memória Histórica da Capitania de Minas Gerais*,[31] onde se acham informações relativas ao ano de 1778, refere-se à situação de Vila Rica, "desagradável bastantemente, não só pela arquitetura das casas, mas ainda pelo elevado das suas ruas, que fatigam a todos os que a passeiam". A Vila, dizia, abundava em víveres e as terras produziam muitas hortaliças, como couves, repolhos e cebolas. Havia também fartura de frutas, principalmente os pêssegos, marmelos, laranjas, maçãs, joazes. Embora se lavrasse pouco a terra, os seus habitantes nenhuma falta experimentavam, em razão dos mantimentos que entravam todos os dias em tropas carregadas de toucinho, milho, feijão, queijos e azeite, vendidos por preços bastante cômodos.

A população da Vila do Sabará, informava o memorialista, avaliada em 7 600 almas, vivia de mineração e da lavoura de milho, feijão, arroz e cana-de-açúcar. No Julgado de São Romão, uma das melhores terras, se não fossem as sezões, havia abundância de gados, caça e peixe, assim como frutas e o mais necessário para a vida. Corria ali o grande negócio do sal do sertão, couros de veado e de toda a qualidade de pelaria. O Julgado do Curvelo era abundante em gado vacum, caças de todas as qualidades e os víveres necessários à subsistência.

A Vila Nova da Rainha era "muito mimosa de frutas de nosso Portugal, como são maçãs, pêssegos, ameixas e uvas", e a maior parte dos moradores vivia da extração e ouro. Toda a região do Serro do Frio tinha plantações de milho, feijão e cana-de-açúcar. Os barreiros salitrados, que se acham em seus dilatados pastos, atraíam os gados e todos os animais daquele sertão, para se nutrirem desse barro, "muito proveitoso para a produção por causa do salitre, sem o qual nada vive nas Minas".

A Vila de São José do Rio das Mortes (continuamos a respigar no citado autor) era a mais abundante de toda a Capitania, dela se sustentando a maior parte das comarcas, principalmente de toucinhos, gados, queijos, milho, feijão e arroz. Tinha muita fruta de toda a qualidade, principalmente as maçãs, semelhantes às de Portugal. Caça e peixe não faltavam aos que se entregavam aos exercícios venatórios e piscatórios. Ares sadios, clima temperado. Boa saúde

31. Atribuída a JOSÉ JOAQUIM DA ROCHA. In *Revista do Archivo Público Mineiro*, II, 1897, p. 425.

dos habitantes, mas... "os nacionais são acometidos, principalmente os camponeses, de umas grandes grossuras, que lhes crescem no pescoço e lhes chamam "papos", de sorte que alguns chegam a disforme grandeza e impedem de alguma forma a respiração". O clima quente e seco, falto de águas, da Vila de Minas Novas era pouco propício à produção dos víveres indispensáveis ao sustento dos seus habitantes, cujos recursos provinham do ouro que alguns mineiros extraíam do Rio Araçuaí e das pedras crisólitas que se catavam no Rio Piauí. Já os moradores da freguesia de Conceição do Rio Pardo, situada em sertão fertilíssimo de gado, caça e pesca, achavam-se socorridos de tudo o que era preciso para passar a vida com abundância.

São as informações que achamos útil recolher da interessante peça histórica.

Pessimista é a *Memória* datada de 1801 e escrita pelo naturalista José Vieira Couto,[32] onde se leem considerações como estas:

"Espanta ao viageiro observador a suma decadência destas povoações de Minas: transita de arraiais em arraiais, vê que tudo são ruínas, tudo despovoação; nota que só poucos lugares de longe em longe se sustêm e parecem um pouco mais animados. [...] Alguns mineiros, a maior parte deles empenhados ou falidos, cobertos de lodo e cheios de esperança às portas de suas minas ou às margens dos rios, ainda lutam, ainda pretendem ter mão na esfarrapada fortuna. Estes arraiais, povoações todas de mineiros, que em tempos atrás foram fundados e levantados de seus alicerces à custa do ouro extraído das lavras, que foram florentes, hoje arruinadas, seus habitantes nem ainda os podendo conservar, que decadência de mineração!"

Várias eram as causas apontadas. Uma delas: o mineiro era o único que pagava a contribuição do quinto.

Outro fator de pobreza, segundo o memorialista, achava-se no desprezo da agricultura. "Uma agricultura de poucos gêneros (dizia), o quanto baste somente para a sustentação dos homens grosseiros, ou de escravos; uma agricultura ruinosa, que se faz sem beneficiar a terra e só estrumando-a com as cinzas de preciosas matas, tal é a agricultura de Minas..."

32. *Revista do Archivo Público Mineiro*, X, 1905, p. 55.

Vistas igualmente nada cor-de-rosa eram as do autor das *Memórias sobre a Capitania de Minas Gerais*,[33] escritas em 1806 e atribuídas ao Dr. Diogo Pereira Ribeiro de Vasconcelos: "Por que se veja o atraso da agricultura na vasta e frutífera Capitania de Minas Gerais, direi que toda se reduz à planta dos grãos ordinários, o milho, o feijão e o arroz. O uso do arado, quase desconhecido. Não havia outro modo de cultura, senão o de derrubar, roçar e queimar os matos para depois plantar.

E a respeito do comércio? Inteiramente passivo e por conseguinte desvantajoso. O que se exportava algodão, café, açúcar, fumo, sola, couros, queijos, toucinho conduzido em lombo de bestas para os portos marítimos, após longa e penosa travessia de terra, não era susceptível de lucros, uma vez que o produto dos gêneros e do gado vacum não equivalia aos preços das mercadorias e fazendas da Europa que era preciso importar.

A agricultura que aos poucos se desenvolve nas primeiras décadas do novo século, sem ser desprezível, é a unicamente voltada para a produção de gêneros de consumo local. Expande-se, por outra parte, a criação do gado, desde o tempo da Colônia. O sul de Minas, notadamente, oferece condições muito favoráveis à pecuária. Exporta-se gado para o Rio de Janeiro. Inicia-se a indústria de laticínios. O leite produzido é de boa qualidade e com ele se fabrica o logo famoso "queijo de Minas". Ignora-se, porém, o fabrico da manteiga e não se prepara a coalhada. Ao lado do gado vacum, cria-se também em grande quantidade o suíno, sobretudo nos distritos do oeste. A carne de porco e sobretudo o toucinho são consumidos em grande proporção na alimentação das populações de Minas, Rio de Janeiro e São Paulo. A que se reduziria a dieta da gente mineira sem a banha, os torresmos, a linguiça e o lombo de porco? Outra criação, a do carneiro, fornecia a lã com que as fiandeiras e tecedoras de Minas fabricavam nas suas rocas e teares manuais os panos para a roupa dos escravos e os chapeirões de copas curtas e abas largas, característicos dos mineiros, tanto homens como mulheres.

Entre 1830 e 1850, firma-se o café como produto de exportação para o Rio de Janeiro, através do solo fluminense. Grandes lavouras da incomparável rubiácea surgem na região da Mata. Derrubam-se

33. *Ibidem*, VI, 1901, p. 757.

as imponentes florestas virgens que lhe deram o nome. Desnudam-se morros e vales e em seu lugar, nessas privilegiadas terras chamadas de “meia laranja”, crescem em grupos e fileiras os formosos cafezais. Algum tempo depois, o café do sul de Minas se igualará em importância ao café da Mata.

Já pelos meados do século passado, era o café a bebida predileta dos brasileiros. Em Minas, o seu uso se difunde rapidamente. Na casa mineira não se deixa sair o visitante sem que lhe ofereçam uma xícara de café — elo de cordialidade e convivência social. A recusa pode ser interpretada como desfeita aos donos da casa.

O chá da Índia foi introduzido no Jardim Botânico de Ouro Preto em 1825. A planta prosperou, mas, não obstante ser da melhor qualidade, o chá produzido não chegou a ameaçar o hábito generalizado do café. Em 1828, segundo o depoimento de R. Walsh, uma fazendeira do Funil (perto de Ouro Preto) nunca tinha visto chá. A gente brasileira do interior, notava o viajante inglês, ainda o considerava exclusivamente como remédio. Verdade, mas só em parte. O mineiro dava o nome de chá (e ainda o faz) a qualquer infusão ou tisana. Três tipos de chá são os que mais aprecia como bebida alimentícia:o chá de congonha, o chá verde ou preto da Índia e o chá de folha de laranja, todos os três também usados como remédios. O hábito de tomar chá de congonha, especialmente depois duma refeição, era o mais antigo. A este propósito, recolhemos de Daniel de Carvalho:

“Os antigos bandeirantes encontraram no planalto mineiro uma preciosa planta de que faziam magnífica infusão — a congonha. Tamanho apreço davam a este valioso arbusto, que diversas povoações ainda guardam, em sua denominação, a lembrança da *Ilex paraguaiensis* como principal característica da localidade (Congonhas do Campo, Congonhas do Norte, Congonhal).”[34]

A congonha é, pois, uma variedade da erva-mate, de que se prepara uma infusão teiforme semelhante à muito apreciada *yerba* ou *mate* do Paraguai e do Rio da Prata, ou *chimarrão* dos *sul-rio-grandinos*.

Disse Daniel de Carvalho que a congonha era a bebida da gente pobre, escravos e trabalhadores de roças e lavras, ao passo que os

34. Ver *Minas e o bicentenário* do *cafeeiro no Brasil*, Belo Horizonte, 1929, p. 222.

privilegiados bebiam chá ou vinho. Que se tornara bebida de gente sem classe parece confirmá-lo o epigrama em que o poeta Garção (citado por Burton) zombava dos fumos genealógicos da gente paulistana:

Parece-me que estou entre paulistas,
Que, arrotando congonha, me aturdiam
Co'a fabulosa ilustre descendência
De seus avós.

Capítulo IV

Depoimentos de viajantes estrangeiros: John Mawe, Pohl e Saint-Hilaire. – Pobreza e indolência do homem do interior. – Uma festa de batismo. – A segregação da mulher. – Os três "pês" de recear.

Foi John Mawe o primeiro viajante estrangeiro que pôde penetrar no território de Minas Gerais. Autorizado pelo governo do Príncipe Regente, aqui procedeu o naturalista inglês, durante seis meses no ano de 1809, a pesquisas minerais nos distritos do ouro e do diamante, tendo publicado no seu regresso à Inglaterra um relato das viagens que empreendeu ao interior do Brasil,[35] no qual se acham informações de variado interesse, algumas referentes ao assunto que nos ocupa.

Logo ao entrar na então Capitania de Minas, já famosa no Rio de Janeiro pela excelência dos seus queijos, esperava Mawe encontrar condições de agricultura superiores ao que antes havia observado no país. Iludira-se. Não via estabelecimento que merecesse o nome de fazenda. As casas dos agricultores e criadores, velhas e estragadas, não ofereciam a mínima possibilidade de conforto e nos seus moradores não notava o viajante aquele ar de saúde e contentamento que a seu ver a vida do campo origina. Por toda a parte os mesmos sinais de indolência até então observados. Não havia pasto cercado. O terreno em derredor cobria-se de ervas daninhas e espinheiros. Em vão os cafeeiros ostentavam os frutos maduros que o proprietário não cuidava de apanhar. Raramente se obtinha leite de vaca: o de que se precisava era fornecido por algumas cabras. Entanto, o gado tinha bom preço. Vacas e bois custavam quarenta xelins a cabeça. Um bom cavalo, sessenta xelins a oito libras. Porcos e aves eram

35. *Viagens ao interior do Brasil, particularmente aos distritos do ouro e do diamante*, em 1809-1810, por JOHN MAWE. Versão da trad. francesa, por DERMEVAL LESSA. Belo Horizonte, 1922, p. 90. (Publicado na col. "Reconquista do Brasil" série — vol. n.º 33).

baratos. Abundava a boa madeira, para construir e queimar. Terra excelente para tijolos. Água em abundância. Quantas vantagens desprezadas pelos lavradores! Aos mineiros, em verdade, refletia, só interessavam os metais preciosos, como se os dons da natureza fossem tanto mais preciosos quanto mais difíceis de obter.

Em Borda do Campo, povoado de umas vinte casas, foi agasalhado Mawe na melhor delas, pertencente a uma família de posses e boa educação. O chefe da casa, Capitão Rodrigo de Lima, apresentou-o à mulher e às filhas, primeira prova de polidez desse gênero que recebia em sua viagem. Porque até ali as senhoras que por acaso percebia nas casas em que entrava ocultavam-se à sua chegada e durante o tempo em que nelas permanecesse. Era evidente que a presença de algum estrangeiro as alarmava e tornava esquivas. Daquela vez foi diferente. As senhoras, ao serem apresentadas, estavam elegantemente vestidas com tecidos de fabricação inglesa e traziam ao pescoço colares de ouro. Palestraram com vivacidade e graça e fizeram perguntas acerca do vestuário das senhoras inglesas. Havia vinho ao jantar, mas as senhoras não beberam, apenas molhando a ponta dos lábios no copo ao serem feitas as saudações. Depois do jantar, encheu-se a mesa de doces saborosos, cuja excelência o hóspede elogiou, cumprimentando a dona da casa, na suposição de que tinham sido preparados sob a sua direção. Ela, porém, parecendo agastada com a observação, garantiu-lhe que não era assim, dizendo que todos os trabalhos domésticos eram feitos por suas escravas. Porque soava quase como ofensa dizer-se que uma senhora trabalhava.

Tendo o viajante manifestado o desejo de visitar a queijaria da propriedade, seu hospedeiro mostrou-lhe uma espécie de reduto malcheiroso cujo odor considerou insuportável. Os utensílios empregados na fabricação do queijo estavam por lavar desde a última vez que haviam servido e os potes destinados ao leite se achavam no mesmo estado.

À sua passagem pela Vila Rica, não gostou da hospedaria a que se acolheu, achando-a miserável. O pão pareceu-lhe bom; a carne, passável; o leite, caro; hortaliças e legumes, raros.

Vila Rica, valha a verdade, não era feita para causar boa impressão aos viajantes estrangeiros. Ao próprio Saint-Hilaire, tantas vezes benévolo ao referir-se às coisas de Minas, não agradaria o aspecto tristonho e melancólico da antiga capital do distrito aurífero, o ar de abandono que apresentavam as suas casas, quase todas construídas de barro e mal conservadas, o que tudo anunciava a diminuta fortuna dos seus moradores. Nem mesmo os estrangeiros tinham o recurso de achar ali uma estalagem medíocre. Calculava-se a sua população em 8 000 habitantes. Não havia livraria, nem biblioteca pública. Em duas fazendas pertencentes ao Conde de Linhares, situadas na Comarca de Ouro Preto, notou Pohl que a maneira de se alimentar era ali a mesma dos mineiros dos arredores de São Paulo. O administrador, o intendente e os feitores comiam conjuntamente o trivial, a saber: ao almoço, feijão preto com farinha de milho e um pouco de toucinho frito ou de carne-de-sol cozida; ao jantar, um pedaço de porco assado; na ceia, hortaliças cozidas e um bocado de toucinho para lhes dar gosto. Água, como bebida comum. Em dias de festa, ou quando recebiam pessoas estranhas, servia-se, às refeições, galinha cozida. Alimentavam-se os negros, ao almoço e à ceia, com farinha de milho misturada com água quente, o angu, propriamente dito, no qual punham um naco de toucinho, e ao jantar davam-lhes feijão. A farinha de milho pareceu-lhe muito nutriente e de excelente paladar, e era aqui o sucedâneo do pão, tão comumente como no Rio de Janeiro, em São Paulo e outras partes do país. A farinha de milho era substituída frequentemente pela farinha de pau. As mulheres pareceram-lhe em geral fracas, o que atribuiu à má alimentação. No Tejuco encontrou uma sociedade escolhida e agradável (como não vira até então igual, no país), em cujas reuniões os homens jogavam o *Whist* e as senhoras tomavam chá. A carne de vaca era má, preferia-se a de porco e havia caça em abundância. Pão de milho. Muita gente pobre, sobretudo mulheres. Em Mendanha, pousou na casa de abastado proprietário de importante mineração de diamante. Louvou o bom passadio: "Nossas mesas eram diariamente providas de uma variedade de excelentes comidas, servidas em bela louça inglesa." Os escravos eram mal e mesquinhamente alimentados. Trabalhavam desde antes do levantar do sol e até o seu ocaso, com meia hora de descanso para o almoço e duas horas à tarde. Quatro ou cinco vezes por dia, todos repousavam e dava-se-lhes fumo, que muito apreciavam.

Mawe reparou no ar esfaimado dos habitantes do Itambé, ao que o comandante do lugar redarguiu: "Ora essa! Enquanto houver milho e água, não morrerão de fome." Partiu com prazer dessa "morada da fome" e repetiu com o coração alegre a exclamação que ela provocava aos portugueses: "*Das misérias do Itambé, libera nos, Dominé*."

Saint-Hilaire[36] confirmou o que havia dito o naturalista inglês, ao referir-se também ao Itambé: é com razão que se repete, no país, esse provérbio já citado por um viajante: *A miserii Itambé, libera nos, Dominé*"; provérbio que se reproduzia da maneira seguinte nos arredores de Caeté: — "*Itabira, Itambé, / samambaia e sapé, / meirinhos de Caeté / libera nos, Dominé.*"

Viajante dos mais fidedignos, entre os que percorreram o país na primeira metade do século passado, foi o naturalista austríaco João Emanuel Pohl, a cuja lucidez de observação ficou-se a dever uma obra valiosa pelas informações que contém acerca de variadas manifestações da nossa vida econômica e social.[37] O doutor Pohl anota e dá notícia do que vê na sua excursão demorada ao interior de Minas. Parte do Rio em 1818 com destino a Barbacena, São João del-Rei e Paracatu. Visita posteriormente Abaeté, Minas Novas, Rio Jequitinhonha e Vila Rica, regressando ao Rio em 1821. Refere-se com maior ou menor minúcia aos hábitos da população, costumes do clero, maneiras de trajar, preços, salários, comida, carestia de gêneros, classes sociais, profissões, estado das minas, diversões. Como a outros viajantes estrangeiros, impressiona-o a pobreza generalizada do interior. E não o impressiona menos a indolência dos brancos: "São todos muito preguiçosos e consideram uma vergonha ou desonra que o branco ou livre trabalhe, mesmo um pouco."

Chega a São João- del-Rei, momentos antes de romper tremenda tempestade. Era o prenúncio do começo da estação chuvosa e todos o aconselhavam a regressar ao Rio de Janeiro, em vez de peregrinar, com suas caixas repletas de coleções, por tão inóspitas regiões numa época em que os regatos se transformavam em rios e as depressões do terreno em lagos e pantanais. Nada o dissuadiu de progredir na penosa marcha, com seus burros tangidos por resistentes tocadores. Sucede à chuva um calor sufocante. Fazem alto à noite numa fazendola. Mediante pequena paga, preparam-lhes frugal almoço à moda do país: feijão com toucinho, e ainda bem que nas fazendas

36. *Viagem às nascentes São Francisco e pela Província de Goiás* 2 vol. São Paulo, 1937. (Publicados na col. "Reconquista do Brasil" — 1.ª série — vol. n.os 7 e 8, respectivamente).

37. *Viagem no interior do Brasil, empreendida nos anos de 1817 a 1821...* por JOÃO EMANUEL POHL. Trad. do Instituto Nacional do Livro da edição de Viena. I. N. L., Rio, 1951. (Publicado na col. "Reconquista do Brasil" 1ª Série — vol. n.º 14).

onde pousavam tinham bananeiras e laranjeiras a seu dispor, "cujos frutos se podem chamar a comida predileta dos brasileiros", como dizia o viajante. Já anteriormente havia notado que, nas estalagens que conhecera, pouco mais se podia obter, além duma péssima hospedagem, a não ser feijão e, no máximo, ovos. Mas quem negará que um prato de feijão com torresmos e uns ovos estrelados não vale uma boa refeição?

Passou por Oliveira, Formiga, Bambuí, míseros arraiais. Varou léguas e léguas de cerrados e capões de mato, colecionando pássaros e plantas, pernoitando ora em ranchos, ora em fazendas, até que chegou ao povoado de São Pedro de Alcântara, habitado por pretos livres. A pobreza era ali tão grande que nada puderam oferecer-lhe para comer. Teria ido para a cama com fome, não fosse a obsequiosidade do vigário local, um espanhol, que o regalou com uma galinha cozida. Dias depois, após duras caminhadas, achou-se numa fazenda de propriedade do juiz do arraial de Patrocínio, onde lhe deram um dos melhores quartos e embora fosse tarde, prepararam-lhe uma boa refeição, composta de feijão, galinha com arroz, farinha de milho, queijo e bananas.

Pôde notar o doutor Pohl que os habitantes, até mesmo onde se criava o gado vacum, tinham como que aversão à manteiga e afirmavam que provocava vômitos. Pouco se fabricava o queijo, e só do tipo seco. A carne de vaca era considerada nociva à saúde.

Muito esquisito para um estrangeiro lhe pareceu o hábito de derramar farinha de milho sobre a mesa para servir, por assim dizer, de conduto habitual de certos alimentos contidos numa travessa. A gente servia-se da farinha, em vez de pão, tirando-a do monte com a colher e levando-a assim à boca. Os naturais — notou o viajante — têm a habilidade de tirar a farinha do monte às colheradas e enviá-la ou antes arremessá-la à boca. Ao prazer do bom almoço juntou-se outro: o luxo, então raro no interior do Brasil, de servir em pratos de louça inglesa, guardanapos, talheres de prata, um copo de prata para a água de beber e, por fim, uma grande bacia de metal em que depois das refeições os comensais lavavam a boca e as mãos. O viajante sentiu-se tão feliz com todas aquelas comodidades que, ao repousar em cama limpa, pôde comparar-se ao mendigo do conto popular, subitamente trasladado do inferno para o céu.

Já na Vila de Paracatu do Príncipe, uma das metas de sua excursão, a duzentas léguas do Rio de Janeiro, observou que a comida dos mais abastados não era nada seleta, nem sequer digerível, não passando de arroz, toucinho, legumes lenhosos, carne de vaca, fresca ou seca ao vento, linguiça, bacalhau, frutas em conserva e doces. Que mais quereria o exigente doutor Pohl? Os pobres enganavam a fome com feijão preto, peixe seco e farinha de milho, raramente com carne seca. Convidado a uma festa de batizado, encontrou a mesa já posta. Faltavam faca e garfo, que ainda não se usavam, e cada conviva servia-se do prato que desejava. Em meia hora, depois de erguidos muitos brindes ao neófito, aos pais e padrinhos, ao vigário etc., estava o banquete acabado. Só então as mulheres compareceram à mesa.

Ainda hoje costuma ser assim: a mesa das mulheres, nas festas em que se come, é a segunda; a das crianças, a terceira. Nas fazendas e casas grandes, quando havia gente de fora para comer, as mulheres não se sentavam à mesa. Vez por outra, limitava-se a senhora a servir discretamente os comensais. Os viajantes estrangeiros muito estranhavam que só raramente as senhoras apareciam para conversar, ou simplesmente apresentar cumprimentos, nas casas em que eram recebidos. O Barão de Eschwege aludiu às precauções que as mulheres do interior do país tomavam para não serem vistas por homens estranhos. Recebido por uma mulher numa habitação do Distrito de Patrocínio, na ocasião em que se achava ausente o marido, deu-lhe ela abrigo no engenho e serviu-lhe o jantar da seguinte forma: como não se quisesse mostrar, esgueirava-se com a filha por trás do engenho e introduzia os pratos através dum buraco na parede. Saint-Hilaire relata experiências parecidas. Nas habitações que o acolhiam fazia sempre as refeições sem pôr os olhos na dona da casa. Outras senhoras ou moças, se as havia, nunca se mostravam. Cem vezes, diz o naturalista francês, assistiu a esta cenazinha burlesca: as donas de casa e suas filhas enfiavam cautelosamente o rosto entre a parede do cômodo em que ele se achava e a porta entreaberta, a fim de o verem escrever ou examinar as suas coleções de plantas, e, se ele se voltava de repente, percebia vultos que se retiravam à pressa. Refere como passara, em duas vezes diferentes, cerca de sessenta dias em casa dum fazendeiro extremamente distinto, que lhe dera provas de amizade. Disse-lhe o fazendeiro, com embaraço, pouco antes de se separarem para sempre: “Está sem dúvida surpreendido, meu amigo, de que minhas filhas nunca se tenham mostrado ao senhor. Detesto o costume que me obriga a conservá-las afastadas, mas devo respeitá-lo para não lhes prejudicar o casamento." Respondeu-lhe o viajante que estava longe de desaprovar o acatamento que demonstrava pelas ideias estabelecidas, deixando ao tempo as mudanças que certamente se fariam. Alguns anos depois, outro viajante, Gardner, relatou ter sido recebido numa fazenda, onde vira a senhora da casa, que só o privilégio da idade permitia que se mostrasse, mas as filhas se esconderam, como também ela o teria feito na mocidade.

Num meio em que tantas mulheres se prostituíam, assim como era pública e geral a concubinagem e muitas casadas praticavam o adultério, o extremo recato da família encontrava nesses fatos a sua justificação. Não eram essas, porém, as razões mais fortes da ocultação da mulher à vista concupiscente de estranhos. O costume assentava, em verdade, na antiga tradição romana da segregação das mulheres no gineceu, enraizada nos costumes portugueses, conservados puros em Minas. Raiz lusitana, sem qualquer dúvida: Júlio Dantas, em *O amor em Portugal no século XVIII,* diz o que era o desassisado zelo masculino dos seus patrícios daquela época. O português tinha ciúmes de toda a gente, ciúmes de tudo o que o rodeava. Só não tinha ciúmes, ironizava o escritor, da maior peste que lhe entrava em casa — o frade. "Para a luz do dia, — rótulas fechadas. Para o frade, — portas abertas."

Em obediência à velha tradição, integrada na formação patriarcal da família brasileira, não consentia a ciumeira do dono da casa no acesso de adultos do sexo masculino ao convívio do lar. Homens, não. A menos que fossem primos ou o padre confessor. Grave imprudência, ainda assim — ou por isso mesmo. Lá dizia um ditado malicioso, muito corrente no interior: primos, padres e pombos — os três "pês" de recear — são sempre os que borram a casa.

Capítulo V

O naturalista Freireyss e os comestíveis cotidianos. – Carne-seca e feijão preto. – Sobriedade no comer e no beber. – O "comer de arremesso". – Hábito popular antigo que ainda subsiste.

Aludimos em capítulo anterior ao naturalista alemão G. W. Freireyss, que percorreu parte do território mineiro na primeira metade do século passado e deixou-nos um relato de sua excursão. A viagem do Rio de Janeiro ao interior da Província de Minas era demorada e penosa. A primeira jornada fazia-se em falua ou bote coberto, que se tomava no cais do Brás de Pina (depois denominado dos Mineiros), costeando-se a Ilha do Governador e a de Paquetá e entrando a remo no Rio Inhomirim, até o Porto da Estrela, uma légua adiante. A este lugarejo vinham ter os tropeiros da Província de Minas com as suas cargas de diferentes gêneros para o consumo da cidade do Rio de Janeiro e, de torna-viagem, levavam ferro em barra, sal, farinha de trigo, fazendas finas, vinho e outras mercadorias, procedentes do litoral ou da Europa. Os viajantes do interior, indo ou vindo, preferiam seguir em companhia de tropas ou caravanas, a fim de evitarem as dificuldades e os perigos dos caminhos.

Freireyss queixou-se logo ao deixar o território fluminense:

"Em geral a hospitalidade é própria dos brasileiros; porém, nas estradas de rodagem, como a que conduz a Minas Gerais, não há mais vestígio dela e o estrangeiro é muita vez sujeito às mais exorbitantes exigências nos lugares em que pousa. Para quem quiser evitar isso não há outro meio senão o de levar consigo o seu trem de cozinha e, onde quiser pernoitar, mandar a sua gente preparar a carne-seca e o feijão preto. Estes são os comestíveis cotidianos e, vez de pão, usa-se no Brasil de farinha de mandioca (*Jatropha Monihot*), exceto no planalto e em toda Minas Gerais, onde se usa de farinha de milho."

A carne, seca ao ar e levemente salgada, informava, vinha do Rio Grande do Sul.

Repara o viajante num hábito interiorano, já observado pelo doutor Pohl:

"Nas casas da roça despejam-se simplesmente alguns pratos de farinha sobre a mesa ou num balainho, onde cada um se serve com os dedos, arremessando com um movimento rápido a farinha na boca, sem que a mínima parcela caia por terra."[38]

Notando a sobriedade do brasileiro no comer e no beber, escreve que "talvez em nenhum outro país haja tão poucos bêbados como no Brasil". Em troca, "outros vícios são, por isso, mais frequentes". Nem sempre indulgente no que observa, censura os ociosos que nas vendas consomem o tempo no jogo de cartas e a tocar viola, enquanto os escravos penam nas lavras, arrancando-lhes o ouro que os enriquecerá, ou no eito, preparando-lhes as roças e o sustento. É contra os mulatos, quase todos madraços e viciosos. A Vila Rica, "que hoje não merece mais esse nome", como diz, não o impressiona bem. Nem quis demorar-se num lugar em que a preocupação dominante do povo era a intriga e a calúnia, assim o declarou.

O doutor Pohl e Freireyss referiram-se ao "comer de arremesso", o mesmo que "comer farinha de arremesso", isto é, o hábito de atirar o punhado de farinha à boca, com certeira pontaria. A tal costume, já observado nos antigos tupis, aludiu o autor do tratado *Do princípio e origem dos índios do Brasil*, atribuído a Fernão Cardim, que diz: "comem assentados ou deitados nas redes, ou em cócoras no chão, e a farinha comem de arremesso."

A documentação brasileira informa, segundo nos assegura Luís da Câmara Cascudo, que os condutos habituais na culinária nativa eram o beiju e a farinha solta e seca. Atirar o punhado de farinha seca à boca, com exata pontaria, diz mais o douto folclorista, é ainda a forma popularíssima de comê-la em todo o país.

Um Bispo do Grão Pará, Frei João de São José Queirós, aludindo à preguiça como a raiz dos vícios no Brasil, lembrou-se duns versinhos colhidos na boca do povo:

38. FREIREYSS, *loco cit.*, p, 163.

Vida do Pará,
Vida de descanso:
Comer de arremesso,
Dormir de balanço.

Em havendo rede, farinha e cachimbo, tudo estava em termos, dizia o Bispo, acrescentando que a frugalidade da mesa podia passar, se fosse coerente o beber.

Comer de arremesso é hábito popular que efetivamente se encontra ainda no Norte, em Minas e possivelmente em outras partes do país. No romance *A Selva*, de Ferreira de Castro, depara o leitor com esta referência à refeição do dono de um seringal na Amazônia:

"Foram encontrar Juca mui sereno, atirando para a boca, enquanto não vinha o peixe, pequenas colheres de farinha-de-água."

39. FERREIRA DE CASTRO, *A Selva*, Rio de Janeiro, edição Aguilar, p. 2889.

Capítulo VI

Comer com os dedos. – O "capitão". – Impressões de Luccock. – O jantar duma família rica, no Rio de Janeiro em fazendas vizinhas e cidades mineiras. – A faca e seus usos.

Até o século XVII, na Europa, comia-se com os dedos. O grego Plutarco deixou escritas algumas regras para fazê-lo com graça, nos banquetes gregos e romanos. De meia em meia hora, os criados apresentavam vasilhas com água morna para os comensais lavarem as mãos. Usaram-se sucessivamente a colher, a faca e o garfo, como utensílios de mesa.

O uso de comer com faca e garfo entrou tarde nos hábitos dos brasileiros, ainda mesmo os pertencentes às classes mais educadas. Já divulgado o talher na Europa, D. João VI, no Brasil, ainda comia com a mão e a nobreza seguia-lhe o exemplo. Tão tarde entrou, que, ainda no fim do Império ou princípios da República, quando o costume de esconder as mulheres começava a desaparecer, as sinhazinhas preferiam quase sempre meter-se na cozinha com as crianças e as criadas, para comerem à vontade com os dedos, fazendo o tão apreciado "capitão". O brasileiro do interior, e até mesmo o da cidade, sabe o que é o assim chamado "capitão", o qual consiste em juntar no prato com três ou quatro dedos apinhados o bocado de comida que em seguida se leva à boca. Era desta maneira que os escravos negros comiam o seu feijão misturado com farinha de mandioca: amassavam-no todo com os dedos formando bolos que depois atiravam à boca com destreza. Entendiam que o uso da colher lhes tirava muito gosto à comida. Não eram só os negros que faziam assim, em Minas e fora de Minas, quando se comia o trivial mais ou menos empaçocado. Faz pouco, conhecemos no Rio de Janeiro uma moça de fina educação, cujo noivo — um estrangeiro — não a quis mais quando soube que ela comia com os dedos. No Norte, segundo o *Pequeno dicionário brasileiro da língua portuguesa*, denomina-se "capitão" o bocado de pirão de peixe que o tapuio faz com as mãos e atira à boca com a ponta dos dedos.

O comerciante inglês John Luccock, homem ilustrado e excelente observador, que viveu dez anos no Brasil, dentre 1808 e 1818, legou-nos um livro interessantíssimo de impressões pessoais sobre o estado material, moral e intelectual em que se achava o país ao passar de Colônia a Reino.[40] Das mais curiosas são as suas notas acerca dos usos e costumes da nossa gente por aquele tempo. Veja-se como descreve o jantar duma família abastada dos arredores do Rio de Janeiro, quadro que, sem muita mudança, podia observar-se também nalguma cidade mineira em ambiente análogo.

"A refeição principal consta de jantar ao meio-dia, por ocasião da qual o chefe da casa, sua esposa e filhos às vezes se reúnem ao redor da mesa; é mais comum que a tomem no chão, caso em que a esteira do dono da casa é sagrada, ninguém se aproximando dela senão os favoritos reconhecidos. As vitualhas constam de sopa, em que há grande abundância de legumes, carne seca e feijão de várias qualidades. Em lugar de pão, usam de farinha de mandioca; esta, quando úmida, é servida em cabaças ou terrinas; quando seca, em cestas, sendo comida em pequenos pratos de Lisboa. Somente os homens usam faca; mulheres e crianças servem-se dos dedos. As escravas comem ao mesmo tempo, em pontos diversos da sala, sendo que por vezes suas senhoras lhes dão um bocado com as próprias mãos. Quando há sobremesa, consta ela de laranjas, bananas e outras poucas frutas."[41]

Em alguns jantares de cerimônia, podia-se notar que parte dos objetos de mesa eram de procedência inglesa, como a louça e a cristaleira, sendo comuns no entanto as cabaças e os cocos, em lugar de terrinas e xícaras. Colheres e garfos eram de prata, mas cada convidado comparecia com a sua própria faca, em geral comprida, pontiaguda e com cabo de prata lavrada. Antes de servido o jantar, os convidados ficavam à vontade, ou de pé, conversando na sala, ou recostados em cadeiras, mesas, camas ou esteiras no soalho. Tiravam o casaco, os sapatos e o mais que estorvasse. Se havia senhoras, guardava-se um tanto o decoro que lhes era devido.

40. JOHN LUCCOCK, *Notas sobre o Rio de Janeiro e partes meridionais do Brasil*, São Paulo, 1942. (Publicado na col. "Reconquista do Brasil" 1ª Série — vol. nº 21).

41. *Id., ibidem*, p. 83.

Nesse caso, a disposição da mesa pareceria estranha a um civilizado europeu: as damas ficavam todas juntas de um só lado e do outro os cavalheiros, ou então a dona da casa sentava-se ao lado do marido, tendo do outro lado outra senhora, também com o seu da outra banda, de modo que nenhuma dama se colocava ao lado de outro homem que não fosse o próprio cônjuge. "Precaução zelosa, mas não de todo desarrazoada", reconhecia o inglês, "entre um povo de cabeça tão quente". Constituía demonstração de especial confiança e grande respeito pela reunião quando acaso se permitiam moças solteiras à mesa, favor raramente concedido. Ter senhoras à mesa com estranhos era já notável concessão que o enciumado macho luso-brasileiro fazia, com muitas reservas, à civilidade de maneiras que o século impunha. Isto na capital do país, porque no interior a segregação da mulher permanecia rigorosa.

Vejamos como se comportavam os comensais. O chefe da casa, sentado à cabeceira, recebia os pratos, um a um, e servia os presentes. A altura demasiada da mesa fazia com que o prato chegasse ao nível do queixo do comensal, obrigando-o a fincar os cotovelos na mesa e a levar desajeitadamente a comida à boca em grandes porções. Não havia muita ordem nem grande asseio. Não se trocavam os pratos e usavam-se os dedos com tanta frequência quanto o garfo. A etiqueta mandava que não se empregassem mais de três dedos em juntar o bocado. Comer alguém do prato do vizinho era prova de amizade, não sendo raro que os dedos de um e de outro se vissem mergulhados a um só tempo no mesmo prato. Bebia-se vinho, sem delicadeza de modos. Terminado o repasto, cada um limpava na toalha da mesa a faca de ponta de que se servira, enfiando-a depois no cano da bota ou na bainha ao lado do cinturão, por fim, todos tomavam uma xícara de café, uma só, como sedativo. Releva notar que a faca era indispensável a todo homem por causa dos seus diferentes usos. Servia com a sua ponta aguçada para cortar a carne à mesa, palitar os dentes, alisar a palha de milho e picar o fumo de rolo para o cigarro, tirar o bicho-de-pé muito comum naqueles tempos e, enfim, como arma de defesa e ataque, além de outros préstimos.

Generalizou-se mais tarde o uso da faca de mesa, mas nem sempre apropriadamente. Muitos não a usavam tão só para cortar a carne, mas levando-a também à boca com o bocado ajeitado na ponta. Simão de Mântua (A. Gomes Carmo), no seu malicioso livro *Figurões vistos por dentro*,[42] fazendo o perfil do Dr. Costa Sena, referiu certo episódio ocorrido com o cientista mineiro, em Santiago do Chile, por ocasião da exposição mineralógica ali realizada em princípios do século. Textualmente: "Tomada a sopa e servido o primeiro prato, segundo a moda em voga lá em Minas Gerais, amontoou na ponta da faca quantidade avantajada de alimento, caiu o queixo e introduziu com decisão o instrumento cortante pela boca a dentro, o que provocou grito de pavor a uma francesinha que lhe ficava em frente, a qual, nervosa, protestava: — *Mais, nom de Dieu, vous me faites peur*! Todos riram e o nosso concidadão, calmo e superior: — *Elle est nerveuse, la petite, je l'ai fait exprès, pour l'éffrayer.*" Daí em diante, parece, não voltou a fazê-lo.

Ainda me recordo de respeitável sacerdote do Norte de Minas que se hospedara, como nós, num hotel da estância aquática de Cambuquira. À hora do almoço e do jantar, observávamos com certa curiosidade o bom do sacerdote fazer as refeições na sua mesinha, não longe da nossa. Comia levando o bocado à boca com a ponta da faca, o que o obrigava a uma ginástica um tanto descômoda. "Vai cortar-se", pensávamos conosco. "Ainda se corta... É agora." Não se cortava, é claro. Pelo que o apelidamos de "Padre engole-espada".

Terminando com as impressões de John Luccock. Nas fazendas das vizinhanças do Rio o cardápio era diverso do urbano. Predominavam nele, sobretudo; o charque do Rio Grande, a farinha de mandioca, o feijão e os legumes. Galinha, ovos e sopa eram luxos. Como bebida, a única, quase, vinha a ser a água. Por vezes aparecia também a aguardente. O vinho era só para os fazendeiros mais ricos. Abundava a caça.

42. "*Estudo de psicologia social brasileira*", São Paulo, 1921, p. 65.

Capítulo VII

Civilidade e hospitalidade dos mineiros. – Testemunhos de viajantes. – O que se comia em ranchos, vendas e fazendas. – No Registro de Matias Barbosa. – Numa fazendola sanjoanense. – O bócio endêmico em Minas. – A Papudópolis. – Uma sobremesa muito variada. – O "potlatsch" do Barão.

Mais de um viajante estrangeiro, ao penetrar no território de Minas, depois de ter conhecido São Paulo e Rio de Janeiro, pôde observar que havia mais luxo no vestir da gente mineira do que na de outras partes do país. Quase todos notaram também, registrando-o em relatos de viagem, o que havia de acolhedor e afável no seu trato. O mencionado John Luccock, inglês atilado e veraz, que não poupava críticas, às vezes malignas, aos defeitos de nossos costumes e às falhas de nossa organização social e econômica, louvou a "civilidade calorosa" com que o trataram nos lugares de Minas por ele percorridos em 1817. Foi, todavia, Saint-Hilaire quem se referiu com mais simpatia aos seus habitantes. Manifestou-se o naturalista francês reconhecido à hospitalidade dos habitantes de certas partes da província, tais como as comarcas de Vila Rica, Serro do Frio; Rio das Mortes e Sabará. Gabou-lhes a polidez e a inteligência, tendo-os mesmo como superiores aos outros brasileiros que conhecera. Identificando-se com os seus interesses e necessidades, considerou-os como amigos, quase compatrícios. A terra deixara-lhe saudades, conforme se expressou no relato que escreveu acerca da sua segunda viagem às nascentes do São Francisco e pela Província de Goiás:

"Não pude sem comoção contemplar novamente essa terra hospitaleira, onde já passara quinze meses e onde recebera tantas provas de atenção e bondade."

Tornando a John Luccock. Em 1817 empreendeu o viageiro inglês sua excursão a Minas. Trouxe-o aqui o declarado desejo de visitar umas tantas pessoas com as quais por largo tempo negociara e a intenção de conhecer melhor o país por cujo destino se interessava e que devia deixar no ano seguinte, após dez anos de residência entre brasileiros. Acompanhado do criado e de um tropeiro, preparou-se para viajar sem pressa e com o conforto então possível, levando consigo, além de objetos de uso pessoal, um colchão e cama de vento, munindo-se ainda duma pequena escrivaninha, instrumentos de desenho, um termômetro e um pequeno telescópio. Levava também alguns regalos, como biscoito, rum da Jamaica, vinho, cerveja, fumo, chá e açúcar, e ainda faca, colher e garfo, velas e castiçal. Não esperava o viajante inglês encontrar pela estrada, numa excursão de muitos dias, nenhuma das comodidades da vida civilizada, nem mesmo as facilidades que pudessem decorrer da produção da região a percorrer, em razão da carência geral de recursos, até mesmo de artigos tão comuns quanto o sal e a pimenta. Montado na sua mula, após léguas de marcha na planície, iniciou a subida da serra, indo pousar num rancho destinado ao descanso dos viajantes, onde lhe foi servido e aos demais companheiros um jantar de tropeiro, composto exclusivamente de carne seca e farinha de mandioca. Confessou-se desapontado com a magra refeição, pois lhe haviam dito que ao longo da estrada principal se conseguiam frangos e leitões, ao menos em cada pouso. Gastou dias de jornada, pousando em ranchos, vendas ou fazendas, até que chegou com seu séquito ao registro de Matias Barbosa, na Província de Minas, onde se cobravam os direitos de entrada. Uma vez resolvidos os assuntos atinentes ao registro e já aboletados num rancho das proximidades preparavam-se para o almoço, quando vários escravos entraram levando travessas de iguarias guisadas ao modo do país, apresentadas juntamente com os cumprimentos do superintendente do registro, que as oferecia, fazendo votos por que fossem do agrado de todos. Além de uma ave, carne seca e feijão, havia dois pratos mais caracteristicamente nacionais, o angu e a canjica.

Observou o viajante que as terras das imediações eram cultivadas em forma que agradariam mesmo a um agricultor inglês, e a zona lhe pareceu não só mais rica e agradável que as comumente encontradas, como também os habitantes se mostravam em mais alto grau sociáveis.

De outra feita, aconteceu de pousarem numa fazenda, onde à noite lhes foi servida a ceia — coisa suntuosa — com talheres de prata, finda a qual surgiram escravos com água quente e fria para que pudessem fazer as suas abluções confortavelmente. Nas proximidades de São João del-Rei foi melhor ainda. Depois de oito horas a cavalo, foi o nosso inglês recebido hospitaleiramente na morada dum sitiante e alojado num quartinho de pau a pique, sem janelas. Embora pudesse parecer rústica a um europeu, a morada oferecia agradáveis comodidades. Ao jantar, viam-se à mesa inúmeras provisões sólidas e até artigos de luxo, tudo muito para louvar, não só pelo seu valor intrínseco, como por se levar em conta a dificuldade de os obter em tão distante paragem. Além de muita prata e louça inglesa, havia rosca da cidade, cerveja inglesa engarrafada e bom vinho do Porto servido em cangirões de cristal lapidado.

Esses luxos não eram raros nas casas abastadas. Entre os bens sequestrados aos inconfidentes mineiros, pessoas da melhor qualificação social, encontravam-se louças finas da Índia e de Macau e outras de procedência inglesa e portuguesa, assim como talheres de prata.

Em todo o distrito das minas, observou Luccock, grassava a doença do bócio, flagelando pessoas de todas as condições e cores e mesmo o próprio gado. Tendo notícia de que um papudo ficara bom da sua enfermidade ao passar uma temporada no Rio à beira-mar, atribuiu Luccock ao sal a cura verificada e desde então recomendou o uso em larga escala do sal de cozinha. A seu ver, um fato depunha a favor desse tratamento, e era que em todo o interior da América do Sul o sal constituía artigo de extraordinário luxo. Assim, as pessoas ricas, que tinham meios de se dar a esse luxo, eram menos sujeitas ao bócio que as pobres. O cientista Spix notara antes a frequência do papo no vale do Paraíba, em São Paulo:

"Entre os habitantes desta região, observa-se um entumecimento das glândulas do pescoço em tão alto grau, como nunca talvez acontece na Europa... Parece entretanto que no país se considera o bócio mais embelezamento do que deformação, pois não é raro verem-se mulheres com o monstruoso bócio enfeitado de correntes de ouro e de prata e se exibirem de cachimbo na boca ou com um fuso na mão para torcer fio de algodão, sentadas diante de suas casas".[43] Negros, mulatos e mamelucos sofriam desse mal, dizia Spix; entre os brancos, eram as mulheres mais sujeitas do que os homens.

43. J. B. VON SPIX e C. F. P. VON MARTIUS, *Viagem pelo Brasil,* Rio, 1938, p. 194. (Publicado na col. "Reconquista do Brasil" — nova série — em 3 volumes de n.os 46, 47 e 48).

Causa? Anomalia da nutrição, assim lhe parecia. Não estava longe da razão, como também não o estava Luccock. Ambos vislumbraram alguma coisa que se aproximava do conhecimento da doença. O sábio dinamarquês P. W. Lund, o solitário da Lagoa Santa, referiu ao viajante Burmeister que os pretos da região evitavam o bócio recorrendo a uma espécie de esponja que continha iodo, e admitia que a doença proviria da pobreza do solo em sais, como acontecia em certas partes da Europa onde as populações se viam obrigadas a beber água recolhida da neve em fusão.

Alguns anos antes de Burmeister, o francês Castelnau[44] observou a frequência do bócio, a partir de Barbacena, sendo que, depois de Ouro Preto e especialmente Sabará e Curral del-Rei, era a papeira considerada em certos lugares como coisa quase normal. Lugares havia, asseguraram-lhe, em que não achava casamento a moça que não tivesse o seu papinho. Os versinhos duma velha cantiga de batucada lhe conferiam certo irônico privilégio:

A primeira umbigada
É o papudo quem dá,
Eu também sou papudo,
Eu também quero dar.

Segundo as informações colhidas pelo naturalista francês, como nenhuma dor acompanhava a deformidade, não se fazia qualquer tentativa para combatê-la.

D. Pedro II, na sua viagem a Minas em 1881, deparou com muitos papudos em vários lugares dentre Queluz e Ouro Preto. Contaram-lhe que em certa localidade denominada Jacaré até as crianças nasciam de papo, a que chamavam *pescoço*, e reparavam em quem não o tinha. Tendo visitado Caeté, anotou no seu diário de viagem: "Vi bons papos também aqui e o vigário tem princípio dele. Aparecem sobretudo em gente de cor, talvez pela comida."[45]

A hipertrofia do corpo tiroide, o bócio, atinge no Brasil elevada cifra de pessoas, numa percentagem de 47,7%, distribuídas geograficamente pelos Estados do Rio Grande do Sul, Santa Catarina, Paraná

44. *Expedição às regiões centrais da América do Sul,* São Paulo, 1949, p. 182-183.
45. "*Diário de viagem do imperador a Minas, em 1881*" in *Anuário do Museu Imperial,* vol. XVIII, Petrópolis, 1957, p. 75-76 e 92.

e São Paulo. No Estado do Rio, Minas Gerais e Espírito Santo é um pouco menor ou quase equivalente, isto é, 27 %. Cálculos feitos quando a população do país era aproximadamente de 62.000.000 de habitantes. Em Mato Grosso e Goiás a percentagem atingia 53,8%. Pequena no Maranhão e Piauí, 11%, e menor ainda no Amazonas e Acre, 9%. Estes dados têm sua origem, segundo o médico Miguel Falci, que aos cita,[46] numa monografia publicada pela Organização Mundial de Saúde, em Genebra, sob o título *Goître endémique*. Há mais de quarenta anos, diz o mencionado médico, está provado que, adicionando-se iodo ao sal de cozinha, consegue-se obter a profilaxia simples, eficaz e barata da doença, de modo a evitar o seu aparecimento numa coletividade. Embora a carência de iodo não seja talvez o único fator na gênese da moléstia, cuja etiologia é ainda muito discutida, parece indubitável que a ingestão do iodo exerce ação preventiva na grande maioria dos casos.

Quando se discutiu a mudança da sede do governo de Minas, nos últimos anos do século, os inimigos de Belo Horizonte (antigo Curral del-Rei), um dos lugares indicados para nova capital, condenavam a sua escolha sob a alegação de que era pouco salubre. Terra de papudos, diziam, apodando-a de Papudópolis ou Cretinópolis. Não tem papudos, retorquiam os seus defensores, a não ser uns poucos vindos de outros lugares. "*Conforme está provado por estudos / Os curraleiros todos são papudos*", chanceava o satírico Padre Corrêa de Almeida.

Sigamos ainda a John Luccock. O viajante não poupou louvores ao ouvidor da Comarca de São João, a quem se referiu como juiz reto e homem de fidalga educação, estimado da população por seus bons sentimentos. Convidado à mesa do magistrado, encontrou ali funcionários civis e militares e alguns dos principais moradores da vila. A parte do ágape que maior impressão deixou em seu espírito foi a sobremesa, na qual se serviram nada menos de vinte e nove variedades diversas de frutas nacionais, feitas em compotas, cultivadas e fabricadas nas vizinhanças do lugar. Em casa de famílias de melhor condição social, informava, servia-se o jantar ao meio-dia e, logo a seguir, era de hábito fazer a sesta até cerca de quatro horas da tarde, quando então os cavalheiros se vestiam para as visitas de cerimônia. Pelo comum, a gente do lugar vivia principalmente de

46. Artigo "Papeira" no *Diário de São Paulo*, 20-1-1966.

carne, toucinho, feijão e outros vegetais. Havia excelente pão de farinha de trigo, mas preferia-se a de mandioca e a de milho.

Quatro anos depois de Luccock, o seu patrício Alexandre Caldcleugh,[47] mineralogista, não teve a boa sorte do outro, ao chegar a Matias Barbosa. Mal pôde comprar ali uma galinha. Os roceiros destas bandas, disse ele nas notas de sua estada no Brasil, só com muita má vontade cediam as aves que criavam.

Mais tarde, ao chegar ao morro, à várzea e à fazenda do Juiz de Fora (velhos conhecidos e pouso habitual de tropeiros), obteve um pouco de milho e arroz, o que, juntamente com papagaios e tucanos, caçados à beira da estrada, melhoraram o seu cardápio habitual. No pouso seguinte, em Chapéu d'Uvas, havia uma venda. Contra a regra comum, achava-se na venda alguma cousa para vender. Melhor ainda, dispunha de cômodo excelente, até assoalhado, quem o diria? Galgou a Mantiqueira, com medo dos salteadores, inexistentes na ocasião, mas justificado por perdurar ainda o terror dos assaltos e crimes que haviam cometido, alguns anos antes. Conheceu Barbacena e Queluz. Nos diferentes lugares percorridos, de Queluz a Caeté, viu também muitos papudos, quase todos negros ou mulatos. Observou "a extraordinária magreza das mineiras". Por toda a parte, via-se muita pobreza e mendicância. Gabou Mariana, onde certo Capitão Couto, proprietário de importante mineração, lhe ofereceu razoável ceia, na qual serviram charque, lombo de porco, angu, canjica e marmelada. Finda a ceia, um escravo veio lavar, em bacia de prata, as mãos dos hóspedes e senhoras, e todos se retiraram para o quarto de dormir. Notou o mobiliário pobre, comum nas fazendas mineiras, a saber: na varanda, vulgar mesa de jacarandá, meia dúzia de cadeiras de vime, bancos, um velho relógio e um oratório tosco, com a imagem de Jesus ou de Nossa Senhora. Nos quartos, camas, também de vime. Aposentos divididos por paredes de taquara. Como horta, uns dois ou três canteiros de couve.

Alguns ricaços, fazendeiros e mineradores menos rústicos, se envaideciam de suas baixelas de preço, usadas quando havia hóspedes de boa qualificação social. Assim o notaram em seus relatos os viajantes Mawe, Pohl, Luccock, Burmeister e outros. Mera ostentação de riquezas, de que foi exemplo extremo o lendário Barão de Catas

47. *Apud* AFONSO DE E. TAUNAY, in *Revista do Museu Paulista,* São Paulo, vol. 12.

Altas, chamado "o Monte Cristo mineiro". De pobre sacristão de arraial, herdara a valiosíssima mina de ouro do Gongo Soco. A humana vontade de poder impulsava-o ao desapoderado afã de maravilhar o mundo com a sua opulência. Conta-se que, no final dos banquetes que costumava dar, quebrava tudo o que se achava na mesa, para no dia seguinte ostentar nova baixela de porcelana e cristais. Tal desbarato de bens de riqueza se explicaria pelo lúdico *potlatsch*, que alguns sociólogos assinalam em sociedades arcaicas como meio de afirmação de superioridade e prestígio do indivíduo. Uma lenda corre a seu respeito, a de que, um dia, mandou fazer almôndegas de ouro maciço, que distribuiu, à sobremesa de um banquete, aos seus muitos convidados. Dizemos lenda porque semelhante caso é de fundo mítico universal. Possuía o dissipado Barão, além da sua residência no Congo, outras em Ouro Preto, Sabará, Caeté, Santa Luzia e Brumado, e em todas elas os seus administradores tinham ordem de preparar mesa franca para quem chegasse. Viajava sempre rodeado de papa-jantares e aduladores, cujas despesas pagava. Seu fim foi como o de "Pedro Sem, que já teve e hoje não tem". Morreu pobre, crivado de dívidas, 1839.

Capítulo VIII

O que disse o Rev. Walsh. – Como se alojavam os viajantes no interior mineiro. – O pouso, a venda e a estalagem. – Hotéis? Só de nome. – A galinha salva sempre a cozinha. – O mineiro e as hortaliças. – Reservas contra o leite e as frutas. – A carne de carneiro e a de porco. – Contra a couve. – O Príncipe de Joinville visita Minas. – Um jantar "à la Portugaise" e um "almoço infernal". – Um jovem português em Mariana. – Comer na gaveta.

Continuemos a respigar em depoimentos de viajantes estrangeiros, tão instrutivos. Pelo ano de 1829, andou por Minas o Reverendo R. Walsh, tendo conhecido somente Ouro Preto, São José e São João del-Rei, além dos sítios que teve de percorrer no seu trajeto. Queixou-se Walsh da maneira sumamente desconfortável com que em geral eram os viajantes acolhidos em ranchos, vendas, estalagens ou simples pousos ao ar livre. A hospitalidade do brasileiro passava em regra por franca e generosa, quando o viajante se recomendava a sua confiança. Mas os abusos ou a falta de escrúpulos de alguns geraram certa suspicácia. Por outro lado, as distâncias grandes em que se achavam as áreas mais habitadas, assim como o aumento do trânsito regular de tropas e viajantes, deram motivo a que surgissem ranchos, vendas e abrigos, sem a mínima comodidade, destinados ao pouso dos viandantes, não raro explorados nos preços pela cobiça dos proprietários.

Já em Minas, a caminho de São João del-Rei, deteve-se o Reverendo inglês numa venda do lugar denominado Ilhéus. Realmente excepcional em seu gênero lhe pareceu a venda, mantida por um professor de primeiras letras. Havia nela, coisa rara, colheres de prata e, raridade muito mais de admirar, facas para cortar a carne, "artigo de luxo que não conseguíramos obter desde que deixamos o Rio", escreveu ele. Disse mais, estranhando a comum ausência daquele talher nas mesas brasileiras:

"Que os orientais, que comem com os dedos e dispensam garfos, façam o mesmo com as facas, é natural; mas que os brasileiros, que não usam os dedos, mas cuidadosamente levam a carne à boca na ponta do garfo, não tenham faca para cortá-la, parece anomalia extraordinária. Sempre que pedíamos facas na estrada, respondiam-nos que a polícia proibia o seu uso! E qualquer escravo negro ou mulato carregava uma na cintura, de ponta aguda e mortal, como a de um punhal, enquanto os homens livres se queixavam de não poder possuir faca de mesa."[48]

O quarto de dormir em que se acomodou Walsh era frio e miserável, simples alpendre de paredes úmidas e sujas, cobertas de teias de aranha e inçadas de bichos-de-pé. O colchão da cama, cheio de palha de milho, estava coberto de lençóis de cambraia bordada e colchas de ramagens. Antes de se deitar, levaram-lhe uma gamela grande com água quente e cachaça, para o banho.

Os viandantes encontravam pelo caminho quatro modalidades de alojamento: o pouso, o rancho, a venda e a estalagem ou hospedaria. O pouso era simplesmente o terreno onde tropeiros e viajores acampavam, para prepararem o almoço ou passarem a noite ao relento. Neste último caso, obtido o consentimento do proprietário, o tropeiro dava água aos seus burros ou amarrava-os a troncos, antes de se acomodar com os seus companheiros de jornada, apinhoados, para a dormida, no meio de arreios, couros, bruacas ou canastras da tropa. Em seguida, vinha o rancho. Consistia num telheiro mais ou menos amplo, erguido sobre esteios de madeira ou pilastras de tijolos e coberto de sapé. Tinha algumas vezes paredes externas e mais raramente compartimentos interiores. Apenas arribada a tropa e soltos os animais para o descanso no campo, faziam os camaradas uma fogueira sobre a qual armavam o tripé de pau em que se pendurava o caldeirão com o feijão e a carne seca e a chaleira do café fumegante. Como no pouso, dormia-se no chão de terra batida, estendidos todos nos couros que protegiam as cargas. A prancha 26 da obra de J. B. Debret, muito conhecida, dá exata ideia dum acampamento de tropeiros dormindo em pleno campo.

Os ranchos desempenhavam papel de importância na economia das regiões transitadas por tropeiros e viandantes. As tropas tinham

48. Apud C. DE MELLO LEITÃO, *O Brasil visto pelos Ingleses*, São Paulo, 1937, p. 229, nota 84.

de ser abastecidas no caminho durante as longas jornadas, constituindo o consumo de milho pelas bestas negócio lucrativo para os proprietários de roças marginais, interessados em atrair os viajantes para os ranchos que punham à sua disposição.

Melhor, muito melhor era a venda, consistente numa casa de moradia e num alpendre para abrigar a carga das mulas. Podia achar-se ali (e mais comumente não se achava) algumas das mercadorias indispensáveis aos moradores da roça, desde a cachaça, o sal, o açúcar, o feijão e a carne seca, até ferraduras, fumo em corda, armas de fogo, cabeças de alho e livros de missa. Os estranhos hospedavam-se num mau quarto, com um jirau ou catre de pau e uma gamela para as abluções. Em algumas vendas, sujas e sem as mínimas condições de comodidade, esfolava-se o viajante o mais que se podia, queixando-se um deles de que certa vez pagara mais pela farinha de mandioca do que pelo melhor jantar em Paris.

Finalmente — notável progresso — surgem as estalagens ou hospedarias, as quais passaram a crismar-se, já nas duas últimas décadas do século passado, com o afrancesado nome de hotéis. Quem não ignora o que eram, até bem pouco, e ainda são, os hotéis das pequenas cidades do interior pode fazer ideia do que seriam as estalagens do tempo em que aqui peregrinaram os primeiros visitantes estrangeiros. Pelo geral tinham dois ou três quartos de terra batida, teto sem forro, jiraus com colchão e travesseiros de palha de milho, quando não eram simples esteiras estendidas no chão. À cabeceira da cama, sobre um caixote ou mesmo no chão, achava-se um velho penico de ferro estanhado, tresandando a urina choca. Em cima do vaso noturno, pousava-se a lamparina de azeite. Café da manhã, ralo e adoçado com rapadura. Almoço, feijão com angu, torresmo e chuchu ou abobrinha. Carne, quando calhava. Sendo preciso, matava-se uma galinha ou estrelavam-se uns ovos. A degola de um galináceo era a comum salvação das cozinhas de parcos recursos. Já o diz a sabedoria popular. "Pobre que come galinha não tem carne na cozinha."

Interrompemos por instantes o fio cronológico que vimos seguindo e abrimos um parêntese para dizer que não eram melhores, comumente, os albergues que surgiram depois com os nomes pretensiosos de hotéis. Ainda hoje se topam alguns que nem o antigo nome merecem. Uma escritora contemporânea, Raquel de Queirós, falando dos que conheceu no interior de Minas, queixou-se: "Pratos tão pequenos, que não sei onde os arranjam assim miúdos; fatias de doce do tamanho e da espessura de uma hóstia; pedaços de queijo tão minúsculos que o garfo não tem onde os espetar, pão que vem para a mesa já com a pouquíssima manteiga, café servido doce no bule a fim de não deixar o açúcar à mercê do desbarato dos fregueses."

Não teve sorte, a escritora: deu positivamente com o piorzinho que se podia achar no lugarejo do Estado mais desprovido de recursos. É certo que a hospedagem deixa muitíssimo que desejar, na maioria dos casos. Mas a comida pode salvar-se. Havendo galinha e ovos (que quase nunca faltam) e ainda um bocado de farinha, sempre se conseguirá uma refeição aceitável.

De nossas experiências lembramo-nos de um passeio a Lagoa Santa, nas vizinhanças da capital mineira, pelo ano de 1948. Minha mulher, eu e uma sobrinha menor tencionávamos passar uns dias de férias naquela aprazível localidade de veraneio. Ficamos apenas um dia. Pernoitamos no centenário Hotel Imperial Pedro II, único do lugar, contemporâneo do sábio Dr. Lund. Dispunha apenas de três ou quatro quartos. Não tinha água encanada nem luz elétrica, inexistentes ainda na ocasião em Lagoa Santa, a não ser em algumas casas que tinham água e luz próprias. A cisterna do hotel, de 25 metros de profundidade, se achava no momento em consertos. Iluminação de lamparinas de querosene e velas de estearina. Velha colcha separava a cama do casal da cama da menina, cujo colchão estava mijado de fresco. A quarteira — uma pequena da casa — virou-o a nossa vista e pôs-lhe em cima o lençol e a colcha. Forro de esteira meio desprendida no teto e soalho de madeira esburacado, com ratos a correr por baixo. À entrada da porta do quarto, fora dando para a sala contígua, uma vela de estearina iluminava, mal, quarto e sala. A casa, centenária, datava de 1842, ano da revolução liberal. Café da manhã com leite, pão e manteiga. Almoço, às onze: feijão, arroz constelado de pimentinhas inteiras, abóbora de porco, batatinhas fritas, angu, couve à mineira, linguiça, banana como sobremesa, pão e café. Jantar, às dezessete e meia: sopa de espaguete, feijão, arroz, abóbora de porco, umas batatinhas sobrantes do almoço, pão, idem, e linguiça, idem, além do café, uma beberagem intragável. Sobremesa do jantar: compota de doce de cidra, com queijo ralado. A menina teve uma banana-maçã.

Cinco ou seis anos depois, passando por Lagoa Santa, fomos almoçar no melhor restaurante do lugar, de propriedade de um italiano, que se desculpou por não poder apresentar melhor cardápio visto não ter sido prevenido com bastante antecedência. Serviu-nos talharim *col sugo*, arroz branco, salada de tomates, cenourinha e alface, bife com ovos, sobremesa (marmelada com queijo e bananas), cerveja, guaraná e café. Muito gostosa foi a refeição que fizemos no dia seguinte no hotel de Cordisburgo, onde nos deram, e a um grupo de excursionistas à gruta do Maquiné, pouco distante, o seguinte menu ao gosto mineiro: caldo de feijão, arroz, lombo de porco com couve picadinha e batatinhas coradas, carne assada com ovos, ervilhas e batatinha palha, sobremesa (marmelada com queijo), cerveja, café, água fresca do pote.

Fechemos o parêntese e retomemos o fio cronológico.

Correndo o tempo, melhoraram de modo geral os hábitos de comer e a própria alimentação das classes mais favorecidas. A carne não era de boa qualidade, o que se atribuía ao monopólio da matança com suas origens ainda nos começos do século XVIII. Raro se comia carne de carneiro. O brasileiro a evitava por julgar impróprio do cristão comer o "cordeiro de Deus". O porco era, ao contrário, o grande alimento do povo, que o comia, diz Walsh, "com avidez, para mostrar que não era judeu ou maometano". O toucinho encontrava-se então em abundância em todas as vendas, constituindo o tempero indispensável de todos os pratos da cozinha do país. Abundava o peixe. Mas o seu consumo era reduzido em Minas, como no Rio e São Paulo, por acreditar o povo que o seu uso provocava a lepra. Cultivavam-se as hortaliças da Europa. O mineiro, porém, como o nortista, nunca as estimou muito. "Não é coelho para comer folhas" alega. De mais a mais, era pequeno naqueles tempos o plantio de verduras, havendo forte razão para tanto. As formigas e outros insetos daninhos devastavam hortas e pomares, desanimando os que se obstinavam em cultivá-los.

A principal comida era a que sabemos: feijão com toucinho e carne seca, substituído o pão pela farinha de pau ou de milho, em todas as mesas. Às vezes, o jantar do pobre não ia além da farinha de mandioca com caldo de laranja ou carne seca, ou então mingau ralo de fubá com couve. "Serragem com sola", tal a opinião de um estrangeiro que provara a nossa brasileiríssima carne seca com farinha. Não havia motivo para o desprezo. Uma espetada de carne seca, assada na brasa e comida com farinha de mandioca ou de milho (especialmente se torrada com uma pele de porco), era a matalotagem ideal do homem do sertão em viagem, cibo frugal mas nutriente e saboroso, com o qual se varavam léguas de chão, a pé ou montado. Durante muito, constituiu o principal alimento do garimpeiro no Oeste de Minas.

Outro preconceito alimentar era o que Saint-Hilaire observou no arraial de N. S. do Rio Vermelho (a 14 léguas do Tejuco), onde se atribuía à inocente couve, usada como principal alimento dos seus habitantes, a causa da hidropisia, enfermidade então comum naquele arraial. Saint-Hilaire cria mais provável que tal estado fosse devido, tanto ali como em qualquer outra parte, ao pernicioso uso da aguardente extraída da cana-de-açúcar.

O Príncipe de Joinville, guapo rapagão francês de vinte anos, filho de rei, aventura-se a conhecer Minas nos começos de 1838. Quase se arrepende. Por aquela época e em tal estação do ano, era ainda uma façanha por demais penosa a viagem ao interior, através de jornadas ao longo do país mal povoado, com matas a perder de vista, socavões e serranias, ruins caminhos de burros, temporais frequentes, mil contratempos e sempre os mesmos ermos inóspitos. Sua caravana compunha-se de um oficial e seis soldados. Seguiu o percurso já nosso conhecido: viagem por mar até o Porto da Estrela, onde se encontrava o guia ou chefe da tropa, com as suas mulas de cargas e os cavalos de montar; arranchamento, ao cair da tarde, no alto da serra, e ao outro dia e nos quatro seguintes longas caminhadas até às margens do Paraibuna, através de florestas e morros descampados, com fortíssimo calor e alternativas de chuva e de bom tempo. Não se encontra o que comer pelo caminho. A caravana perde-se, duas, três vezes. Chove torrencialmente. Cansados e famintos, chegam a um lindo vale, ao fundo do qual está uma fazenda, rodeada de extensas lavouras de café, milho e outras plantações. Numerosa escravaria nas senzalas. O viajante ilustre espia a cozinha da fazenda, grande, enegrecida pela fumaça e onde a luz do dia mal penetra no canto em que acham grandes fogões. Negras escravas espalham-se pelo chão de terra batida, incompletamente vestidas, de cócoras, a trabalhar. Crianças pululam por todos os cantos. Cenas de toda espécie. Tudo muito engraçado, menos o jantar, que foi mal, e a noite, muito pior, perturbada por horríveis insetos. E chovia dentro de casa, nas camas, com pingas que atravessavam o leve cobertor.

Pela manhã, com o tempo encoberto e um calor de abrasar, reenceta-se a marcha através de picadas quase intransitáveis. Cruzam-se caravanas de mineiros, conduzidas algumas por negros a pé, armados de espingardas, e outras por tropeiros a cavalo, todos com o seu poncho e o seu chapeirão de palha. Já em território mineiro, pedem pousada em uma fazenda, que lhes é recusada. Apelam para um padre, que também a nega, alegando ter já dois amigos na sua casa. A hospitalidade, pelo visto, não estava ainda bem arraigada na tradição mineira, — ou já se perdera? Assim repelidos, abrigam-se numa cafua em ruínas, em companhia de galinhas, porcos e cães.

O Príncipe está esmorecido. Dói-lhe a cabeça, atribuída a um pastel comido pela manhã e ao ardor do sol. Na manhã seguinte sente-se melhor. Resguardado por um imenso guarda-sol branco, prossegue na jornada. O mais árduo da viagem havia passado. Aproximavam-se de Barbacena. A região mudara de aspecto. As matas abriam-se para dar espaço a vastas campinas. Nos vales sentia-se uma aragem forte, como a brisa do mar. Trotam e trotam. Fazem alto numa casa cuja dona lhes oferece refrescos e ainda os convida para jantar e pernoitar, "coisa bem rara nesta terra", registra o viajante no seu *Diário*.[49] A região civiliza-se, à proporção que penetra nos denominados "campos gerais". Aumenta o número de ranchos e fazendas. Enfim, Barbacena. Em todas as janelas, mulatas carregadas de colares de ouro, decotadas com exagero, "feias de fazer medo, na minha opinião, diz o Príncipe, mas não na de toda a gente". E ajunta: "Parece mesmo que os costumes são particularmente relaxados." É a opinião de outros viajantes estrangeiros, antes e depois dele. Bom jantar, com um prato nacional: palmito com ovos. No dia seguinte, giro pela cidade. Missa. Toda a população "elegante" de Barbacena está lá, numa igreja em ruínas. A presença de "mulatas sujas, uma das quais antiga amante de D. Pedro, como as há por toda a parte", fê-lo torcer o nariz, enojado: "*le vilain pays et le vilain peuple!*"

Na outra manhã, bem cedo, trata de terminar, "*au grand galop*" sua viagem às Minas. Entrada em Queluz, "*joli village*". Como em Barbacena, toda a população, quase inteiramente negra e mulata, corre as janelas para ver passar os viajantes. Encontram ali boa hospitalidade e, o que é melhor, serviram-lhe pão, cuja "ausência é a maior privação do europeu neste país". E tocam para Ouro Preto, onde o Príncipe será hóspede oficial do governo.

49. Reproduzido no *Anuário do Museu Imperial*, Petrópolis, 1950, P. 179-219.

"Ouro Preto — lê-se no *Diário* — tem o aspecto de nossas cidades da província: vi casas de três pavimentos. São caiadas, cobertas de telhas, e algumas têm sacadas." Festivo acolhimento. Bandeiras tricolores tremulam nas residências de franceses. Damas em grande *toilette*, algumas muito bem. Na praça principal, numeroso mulherio tendo à cabeça grandes castores de homem, azuis, brancos, verdes...

Forma-se cortejo até o palácio do governo, onde havia um posto de milícias e uma "infame música" que tocava a Marselhesa. Depois, recepção e, no dia seguinte, jantar "*à la Portuguaise*", para o qual não há convites e vai quem quer. Mesa farta, com pratos que os comensais oferecem uns aos outros ou servem a si mesmos. Tudo condimentado "*à emporter la bouche*". Sobremesa servida em outro cômodo. Bons doces, os ouropretanos.

No dia seguinte, depois de "infernal almoço", partida para Gongo Soco, em visita a importante mineração inglesa. Em Mariana, nada digno de registro. Um pouco além, parada em uma mina de franceses e ingleses. Fala-se francês, há pão, clarete, rosbife com batatas e uma boa cama: era divino. E toca para diante, passando pela Serra do Caraça, até Catas Altas, Brumado (onde o vigário, antigo prisioneiro do Marechal Soult, os acolhe excelentemente), São João do Morro Grande e, enfim, Gongo Soco, lindo lugarejo, "*quase europeu*". Depois, é o regresso. Um mês durara a excursão à Província de Minas, "a mais rica e importante do Império".

Registraremos ainda algumas breves observações colhidas no volume *Romanceiro brasílico*,[50] obra em que se acha o relato da viagem que o seu autor, o moço português Vicente Pereira de Carvalho Guimarães, residente no Rio de Janeiro, empreendeu até a cidade mineira de Mariana. A viagem se fez, em 1842, desde o Porto da Estrela até depois de transposta a serra, com os incômodos e transtornos habituais em tais jornadas. Alcançada uma fazenda à beira do Paraíba, já em território mineiro, o quadro se torna mais animador.

Admirou-se o viandante de achar ali uma sala bem arejada, com piano, quadros de "moderno e muito louvável gosto" e até livros, tintas e pincéis. Duas lindas moças bordavam junto da dona da casa. Maravilhou-se o moço e explicou aos leitores a razão da sua mara-

50. Rio de Janeiro, 1844. Contém: Introdução. *Dois dias de viagem na Província de Minas. A cabana índia* (poemeto). — *A cruz de pedra* (romance). — *Dona Branca* (poemeto).

vilha: quem viajasse na Província saberia "ser cada casa um harém e cada moça uma turca sem turbante: bichos do mato, mal sentem o pisar do forasteiro, somem-se no interior da casa, fugindo-nos como se empestados fôramos". O jovem Guimarães jantou frango com palmito, canjica e café. Inadvertidamente, misturou farinha à canjica, pensando que fosse feijão branco. "Ah, o senhor é talvez do pensar decerto gracioso, disse a dona da casa, que teve a sensaboria de dizer que os mineiros tratavam os hóspedes como a cavalos, dando-lhes simplesmente milho e capim." No dia seguinte, ao almoço, serviram feijão de tropeiro, cozido na véspera e temperado com toucinho rançoso, e café ou chá de congonha com farinha de milho. Gasalhado franco e afetuoso, registrou na sua narração.

A cidade de Mariana causa-lhe a pior impressão. Pequena e pobre, com pífios sinais de vida. A população, indolente; os costumes, relaxados. E considera: "desleixo, miséria e depravação em toda a parte se acha, porém como em Mariana!" Exagerava, acaso? Não parece. Seus juízos conferiam com os de outros testemunhos. Nem chegara a dizer que Mariana era uma "vasta pocilga", como escreveu um grande bispo marianense, aludindo àquele tempo. Notou também, não sendo o primeiro a fazê-lo, que o mineiro tinha prosápia de fidalgo arruinado e afetava luxos que não podia sustentar.

Não o dizia o autor do *Romanceiro brasílico*, mas pode-se mencionar aqui que o povo de Mariana era chamado *gaveteiro*. Dava-se este nome, por desfrute, ao indivíduo que se dizia *comer na gaveta*, vale dizer, que escondia o prato quando à hora da refeição aparecia de improviso algum estranho. A insinuação tem caráter universal e não se come escondido, como no caso, por sovinice, senão para ocultar uma refeição pobre. A gente marianense era em geral de poucos recursos, mas presumia de boa qualificação social. Comia angu, alimento do escravo, mas queria arrotar presunto. Era um mecanismo de defesa para os que evitavam tornar pública a pobreza da própria alimentação, que desqualifica socialmente.[51]

51. Em *A cidade colonial* (Rio de Janeiro, 1961, p. 147-148), referindo-se aos que *comiam na gaveta*, diz NÉLSON OMEGNA: "Nem todos, porém, podiam exibir iguarias da sua mesa como documento de sua importância. Antes tinham que esconder a modéstia do passado para resguardar o próprio *status*. Daí o hábito de comer escondido. A lenda, generalizada hoje pelo país, de pessoas que comem na gaveta, espelha menos a avareza dos que não queriam despender com comensais, que o pendor dos que temiam tornar pública a pobreza das suas refeições, tão excessiva importância teria, nos modestos burgos, o papel dos alimentos para marcar e graduar a categoria social."

Capítulo IX

O botânico Gardner em Diamantina. – Louvores ao lugar. – As mulheres mais belas vistas no Brasil. – Hortas e pomares. – O maldizente Conde de Suzannet e um "terrível jantar". – Observações de Castelnau. – Arroz e cará. – Burmeister em Mariana e Ouro Preto. – O que se comia e horário das refeições.

O botânico Gardner louvou muitas coisas vistas em Diamantina, sua gente e seus usos. "O clima temperado desta região torna mais sadios os seus habitantes em comparação com os sertanejos. As mulheres são as mais belas que já vi no Brasil e também os homens são de mais fina raça que os das regiões baixas, antes parecendo europeus que habitantes dum clima tropical."[52] Água excelente. Hortas, plantadas de batata, couve, ervilhas, alface, salsa e outras verduras. Flores em abundância. Pomares com algumas frutas da Europa, como a maçã, a pera, o figo, o pêssego e o marmelo.

O Conde de Suzannet, que nos tratou com indisfarçada má vontade, falou mal da carne-seca com farinha, alimento predileto e muitas vezes único dos nossos patrícios: "Os brasileiros comem carne salgada, geralmente fétida e feijão preto que eles misturam com farinha de mandioca ou de milho."[53] Admitido pela primeira vez na vida íntima duma família brasileira, em Ouro Preto, aceitou satisfeito um jantar que lhe foi oferecido e consistiu "numa profusão de pratos pouco saborosos, apesar de fortemente condimentados." Muito lhe desagradaram os hábitos dos presentes. Terrível jantar, onde um conviva, ao recusar um prato novo, dizia: "Tenho a barriga cheia", e outros davam expansão, sem o mínimo constrangimento,

52. GEORGE GARDNER, *Viagens no Brasil, principalmente nas Províncias do Norte e nos distritos do ouro e dos diamantes, durante os anos de 1836 e 1841*. São Paulo, 1942, p. 385. (Publicado na col. "Reconquista do Brasil" série vol. n.º 13).

53. *O Brasil em 1845*, Rio, 1957, p. 78.

a seus gases fétidos e ruidosos. O enfadado aristocrata francês pretextou uma indisposição para deixar a casa.[54]

Diamantina pareceu-lhe bem. Repetia louvores de Saint-Hilaire? Muito provavelmente. Os viajantes repetiam-se amiúde uns aos outros nos seus relatos. A sociedade que conheceu nessa pequena cidade de 3500 almas caracterizava-se, conforme deixou escrito, pela doçura e cordialidade com que tratava os estrangeiros: acolhimento franco, simplicidade e naturalidade. Até as mulheres, ali, participavam das conversas, sem o constrangimento comumente observado nas outras cidades que conhecera.

Passados mais de vinte anos, outro naturalista francês, Francis de Castelnau, fazia a mesma observação com referência à Imperial Cidade de Ouro Preto, cujos habitantes lhe pareceram mais adiantados do que os da maioria das cidades do Brasil. Na sua passagem por ali, pôde desfrutar da sociedade das mulheres, em muitas das quais reconheceu esmerada educação, conforme deixou registrado na sua obra *Expedição às regiões centrais da América do Sul*.

Pousando na Fazenda da Soledade, ao entrar em Minas pela fronteira fluminense, notara que o arroz, alimento quase de luxo até certa época, fazia parte da dieta do povo, sendo servido mesmo aos escravos. Como tantos outros viajantes, observara o lamentável abandono dos campos. Outra observação de Castelnau, atinente à alimentação: o cará como substituto do pão, em muitas mesas.

O cará, alimento sadio e de excelente qualidade, é cultivado no Brasil desde antes do descobrimento. Vegetal rústico, desenvolve-se bem no clima tropical. Há dele várias espécies, que fornecem a um tempo tubérculos subterrâneos e aéreos, ricos em amido e muito apreciados entre nós, sobretudo no seio das populações mais pobres.

54. *Ibidem*, p. 102. Dizia mais que os brasileiros, "entulhando-se de pratos indigestos, adquirem quase todas as doenças do estômago. Os que jantam ao lado deles verificam com tristeza o seu mau estado de saúde. Quantas vezes maldisse esses jantares a que tive de assistir!" Tornavam-se para mim um verdadeiro motivo de sofrimento; muitas vezes usei o privilégio de ser estrangeiro para jantar em horas em que tinha a certeza de estar só. Ao transpor as montanhas que dominam Ouro Preto, disse adeus Suzannet, sem pesar, à cidade "pobre e triste" que deixava para trás. Seu aspecto "severo e morno" e seus terrenos áridos e ferruginosos cediam o lugar a um solo fértil, entremeado de árvores e flores. Seria fácil, com alguns cuidados, torná-los produtivos, ponderava. Mas acontecia o contrário disso. Os habitantes não tiravam do solo senão o indispensável para o próprio consumo. "O que dizemos dessa Província pode aplicar-se ao resto do Império. A Natureza fez tudo para o Brasil, e o homem, em vez de empregar nos trabalhos agrícolas uma atividade inteligente, só pensa em descobrir metais preciosos. (P. 108).

De sua viagem a Minas, em 1851, deixou o naturalista alemão Hermann Burmeister[55] algumas impressões curiosas sobre sítios, paisagens, fauna e costumes da gente que pudera conhecer. Perto de Lagoa Santa, pediu agasalho numa venda, sendo acomodado num estábulo, onde estenderam um couro de boi no chão e colocaram em cima um colchão e um lençol limpo. Sentado num caixote, único móvel da venda, esperou o viajante o jantar, servido de pé, por não haver ali cadeiras. Refeição: a providencial galinha com arroz. Na véspera, numa cafua isolada, deram-lhe ovos com farinha. Visitou Ouro Preto. Ruas calçadas, lojas importantes, animação do comércio. Vidraças nas casas melhores. Gente rica em contraste com a maioria dos outros habitantes, com suas mobílias pobres, grades de madeira nas janelas e o reboco velho das paredes a desprender-se. Aspecto miserável das igrejas e habitações da parte oeste da cidade. Esteve em Mariana, de aspecto mais aprazível que Ouro Preto. Casas comuns sem forro nem soalho. Notou que os mineiros mantinham o nível de vida e os hábitos dos seus antepassados vindos de Portugal. Como o autor do *Romanceiro brasílico*, não gostou da filáucia patriótica dos habitantes da terra, nem da frouxidão dos seus costumes. Moralidade fraca. Padres? Ignorantes, egoístas, hipócritas. Mulheres? Relaxadas e pouco limpas. O banho dos pés é um hábito de todas as noites, mas o rosto e as mãos não se lavam com a mesma frequência. A casa acorda entre as 6 e as 7. Os criados, ou na falta destes, as donas de casa acendem o fogão e preparam o café, sempre excelente e saboroso. Mistura-se o açúcar com os grãos para torrá-los numa panela coberta, e o açúcar derretido forma ao esfriar-se uma massa com o café. Não se usa cafeteira, servindo-se separadamente cada xícara, pequena e sem alça, numa bandeja. Leite, só de manhã. Durante o dia bebe-se pouco café.

Sobre o horário das refeições e o que se comia habitualmente, informava o minucioso Burmeister:

Às dez, almoço: feijão, angu, carne seca, farinha, toucinho, couve, arroz, às vezes frango. Comia-se à vontade, misturando-se tudo num só prato, como ainda hoje se faz comumente. Entre 3 e 4 horas, repetia-se a mesma refeição, com provisões frescas. Bebia-se

55. *Viagem ao Brasil através das Províncias do Rio de Janeiro e Minas Gerais,* São Paulo, 1952. (Publicado na col. "Reconquista do Brasil 1ª série — vol. n.º 4).

água ao comer e um pouco de aguardente, tomando-se ao final uma xícara de café. Certas famílias faziam uma terceira refeição entre as 7 e as 8 horas da noite, mas isto já não fazia parte do costume geral. Nesta colação serviam-se pratos mais leves, como canjica com leite e açúcar, chá de laranja com leite, no qual se deitava o biscoito ou um bolo mais fino, como o pão-de-ló, ou pão de milho. Achou muito agradável o chá de laranja. Foi o que observara em Ouro Preto, Mariana e outras localidades da Província, que tivera ocasião de percorrer.

Capítulo X

Ouro Preto ao tempo de Burton. – Alimentação. – Um hotel de Barbacena. – Jantar em Lagoa Dourada. – A "Mexiriboca". – O canto à mesa. – O "crambâmbali". – Em Morro Velho. – O bom trato dos escravos negros. – O que comiam. – Cachaça e maconha. – Os "jacubeiros de São José". – "Jacubas" e "mocotós".

Corre o tempo. Proclama-se a Independência. Vila Rica reflete a precária situação que se prolongava da Capitania à Província. Era a Vila Pobre do informante de Mawe. Passaram anos. Já na segunda metade do século, a Ouro Preto que o Capitão Richard F. Burton visita é com pouca alteração (podemos admiti-lo) a velha *urbs* que conhecemos hoje. Não é já o "humilde povoado, onde os grandes moram em casas de madeira a pique", como o mencionava o satírico anônimo das *Cartas Chilenas*, senão um pouco mais desenvolvida. É ainda uma "terra decadente", mas os grandes habitam sobrados de barro ou pedra e a rua principal é calçada de macadame moderno, ao contrário de outras onde os seixos irregulares machucam os pés. Na Praça (única da cidade) se acha o monumento aos mártires da Inconfidência, uma simples coluna, erigida por subscrição pública. Em frente, fica a mais importante construção civil da cidade, a Casa da Câmara e Cadeia, que os ouro-pretanos fazem alarde de ser a melhor do Brasil. Com seus 8000 habitantes, a capital da Província vivia do dinheiro que o Governo despendia com os seus empregados, sendo gerais as queixas contra a empregocracia.

Sobre a alimentação em Ouro Preto, Burton notou: poucas verduras; o leite, tão caro como em Londres; as galinhas custavam de três e meio a quatro xelins o par; a carne, ordinária, dois vinténs a libra; o porco, ótimo; o carneiro, desconhecido.

O primeiro hotel ouro-pretano de que há notícia é de 1867. Nesse mesmo ano, achando-se em Barbacena, travou Burton conhecimento com uma hospedaria que se enfeitava com o título de hotel. O cardápio ali era o do costume, informava o viajante inglês. Compunha-se de "um bom pedaço de carne de porco, que nenhum estrangeiro no Brasil terá coragem de tocar, depois de ter visto como é criado o animal predileto de São Jorge"; seguindo-se um "duro" guisado de galinha com arroz, "cataplasma de feijão" (teria dito certo irlandês, referindo-se ao nosso apreciado tutu), e ovos estrelados, tudo temperado com pimenta vermelha e amarela, esmagadas no molho de limão. Gabado foi o arroz, bem cozido, gabado merecidamente, pois os brasileiros o preparam melhor que os europeus. Por fim, o café, adoçado com rapadura. Tal o jantar, tal o almoço, terminando este último, nas melhores hospedarias, com uma sobremesa de chá e café com leite (sempre queimado), com pão, ou, mais comumente, com rosca.

Numa hospedaria de São José del-Rei não encontrou, nem esperava encontrar, frangos assados. Felizmente era sábado, dia em que se comia bife em São José, acontecimento que, para um inglês comedor de *beefsteaks*, merecia ser recebido com um entusiástico "hip! hip! hurrah!".

Muito interessante o grande jantar que Burton descreve na obra donde retiramos estes informes.[56] Veio a ser o oferecido pelo engenheiro duma mineração inglesa das vizinhanças da Lagoa Dourada. Sentaram-se à mesa, aos lados de Burton, dezessete brasileiros e oito estrangeiros.

Sua esposa ocupava uma das cabeceiras e o vigário a outra contrária. A comida constou, como habitualmente, de pratos de galinha e carne de porco, feijão, arroz, farinha e molho de pimenta, formando tudo a chamada *mexiriboca*, segundo o termo colhido por Burton como designativo burlesco de várias iguarias misturadas e comidas com colher. E ainda queijo, cerveja e Porto, do armazém dos engenheiros da mina. Imediatamente após a sopa, seguiram-se os brindes à velha moda de Minas. Cada um proferiu um breve espiche e cantou, com voz fanhosa, pequeno trecho duma canção sentimental cuja última palavra era repetida em coro pelos presentes, em forma prolongada. Assim, por exemplo:

56. RICHARD F. BURTON, *Viagens aos planaltos do Brasil* (1868). 1. tomo, Do Rio de Janeiro a Morro Velho. São Paulo, 1941, p. 252 a 254 e nota 11. (Publicado na col. "Reconquista do Brasil" — 1ª serie — vol. nº 36).

Como é grata a companhia,
Lisonjeira a sociedade,
Entre amigos verdadeiros
Viva a constante amizade.
(Coro) *A-mi-za-de-e!*

Todas as "saúdes" foram bebidas e rebebidas. Discursou-se e cantou-se. "O canto à mesa, explicou o viajante, foi costume generalizado na Europa. Na velha Alemanha, após o jantar, todos os convidados eram obrigados a recitar algumas rimas sob pena de serem obrigados a beber mais um copázio. Creio que o costume foi introduzido no Brasil pelos invasores holandeses durante o século XVII." Podia ter buscado, mais simplesmente, a origem em Portugal.

O capítulo em que se lembra esse jantar abre com uma epígrafe meio misteriosa: "*Cram bi-ba-bámbali-i-i*", seguida desta indicação: "Canção báquica brasileira". Que diacho de canção báquica será essa? estranhará o leitor. Não quebre muito a cabeça. No final do dito capítulo, lê-se que, depois do café, tomado ao ar livre, e havendo apertado o frio, entraram todos para o rancho, onde o Sr. Copsey (súdito britânico e professor de Inglês em São João del-Rei) preparou-lhes "um *crambâmbali*, mistura nativa, altamente recomendável nestas altitudes geladas, de que provamos vários copos". E vem logo a receita, com as palavras do autor:

"Derrame numa panela grande e funda uma garrafa de boa aguardente branca, junte uma quantidade suficiente de açúcar, esquente e deixe a ferver. Junte gradualmente uma garrafa de Porto, e quando o fogo decrescer junte um pouco de canela e umas fatias de limão. Apague o fogo e eis aí o perfeito crambâmbali."[57]

Que é o que é? Não se quebre a cabeça: nada mais nada menos que o muito conhecido ponche, bebido e apreciado aquém e além-mar. Não havia mistério no nome, nem se tratava de nenhuma canção báquica brasileira. Lá o encontramos no Webster's Second Edition, 1953: "*crambambuli, crambambulee (C. G. Krambambuli). A punch made from fired spirits and sugar melted in the flame.*"

As observações que o viajante recolheu na importante mineração aurífera de Morro Velho falam a favor do tratamento humano

57. Obra cit., p. 254, nota 12.

(mais que o comum) que os escravos negros recebiam dos patrões ingleses. O dia de trabalho para os trabalhadores não especializados começava às 6 da manhã e terminava às 6 da tarde, só voltando os negros para os alojamentos às 8:30 da noite, depois de se lavarem e trocarem a roupa molhada por uma seca. Horário das refeições: ao começar o dia, café ou chá de congonha; almoço às 8:15, jantar às 12:30. Os escravos cozinhavam a própria comida e ceavam em casa. A ração para cada um, além de sal e verduras, compreendia farinha de milho, feijão, banha e carne verde. Os mais industriosos tinham suas hortas e lavouras e criavam porcos, engordados com farelo, que recebiam grátis. Comiam uma parte e vendiam o resto. Um negro bem comportado podia obter um gole de restilo uma vez por dia, com a licença do feitor. Mas a tendência dos africanos para os licores destilados levava-os a abusar do gole. Deliciavam-se também com a maconha. Burton confessa nunca ter visto negros tão bem vestidos. É de crer que pelo menos não andassem seminus, como era mais comum.

Registre-se ainda, com alguma curiosidade, o que o viajante diz dos "jacubeiros de São José", isto é, dos comedores de jacuba da cidade de São José del-Rei, hoje Tiradentes. O termo "jacubeiro" equivalente a rústico, labrego, ser-lhes-ia aplicado depreciativamente pela "gente de casaca!" da vizinha São João. Jacuba é um refresco ou mingau ralo feito de fubá misturado com rapadura e água fria ou preparado com farinha de mandioca, açúcar ou mel, dando-se também o mesmo nome ao café engrossado com farinha de mandioca ou de milho. Comia-se também a jacuba quente, feita de farinha, água e rapadura ou mel de pau, usado pelos primeiros mineradores quando a rapadura rareava ou era cara. Era considerado como alimento desprezível e tal é o que se entende dos versinhos com que o satírico barbacenense Padre-mestre Corrêa de Almeida aludiu a certa gente de condição inferior:

Nem agradece a jacuba
Que não comeria em Cuba.

— *Jacuba*! gritavam insultuosamente os garotos da freguesia do Ouro Preto quando avistavam algum garoto da freguesia rival de Antônio Dias. Com esse apodo queriam significar que os outros eram frouxos, mal alimentados com a conhecida mistura de água com farinha e rapadura. A si mesmos se denominavam *mocotós*, isto é, fortes, gente de tutano, alimentada com mão de vaca. Foi grande em outros tempos o sentimento bairrista dos moradores das duas freguesias, próprio a estimular a rivalidade existente entre os jovens turbulentos de uma e de outra. Assim, se algum *jacuba* aparecia em qualquer festividade religiosa da freguesia de Ouro Preto corria o risco de ser espancado e escorraçado pelos *mocotós*. E vice-versa. Grupos duma facção tentavam às vezes invadir o território dos contrários, travando-se então luta a cacetadas e pedradas. Essa forma de bairrismo tem raízes remotas no homem primitivo e na noção biológica de defesa do território. Toda afeição ao pago, à querência, ao rincão natal — afeição justificadora do bairrismo — tem provavelmente idêntica origem. Mesmo quando não precisa defender seu território, o homem bate-se por ele. Nas rivalidades de bairros, tão comuns em todas as partes, já não brigam os adultos, mas brigam os menores. Uma comédia musical de grande êxito, norte-americana, *West Side Story,* ilustra o fato. Nela se conta a vida de dois grupos rivais de adolescentes nas ruas de Nova York, empenhados numa luta sem fim para dominar certo *território*.

Capítulo XI

A alimentação do escravo. – Numa fazenda da segunda metade do século passado. – Feijão com angu que o diabo temperou. – Laranja com farinha. – Alimentação da gente negra, depois da escravidão. – Abóbora e mingau de fubá. – Frutas do mato. – No cocho, como suínos.

Os escravos que trabalhavam nas lavouras de Minas não recebiam o tratamento humano que os ingleses da mineração de Morro Velho davam aos seus e a que nos referimos em capítulo anterior. O tratamento era pelo geral dos mais duros e até de monstruosa insensibilidade em muitos casos. A alimentação consistia no estritamente necessário para os "fôlegos vivos" (como eram chamados) não se enfraquecessem demais ou não morressem de desnutrição, com grave prejuízo dos trabalhos que deles se exigia. Interessava ao proprietário conservá-los, como às bestas de carga, em boas condições de uso.

A alimentação, quase sempre, não passava de feijão bichado e angu mal cozido. Em outros casos, a pobre besta escravizada tinha de se contentar com laranja, banana e farinha de mandioca. E toca a trabalhar. Assim como ficou no nosso folclore:

Comida de negro brabo:
Quatro laranjas num gaio,
Uma cuia de farinha,
Cinco ponta de vergaio.

Os porcos tinham melhor alimentação, ou quando nada mais farta, porque era preciso engordá-los para o abate. "Comida pouca e bem salgada, pro negro beber muita água", tal era o mote de muito senhor.

Não faltava quem defendesse os fazendeiros contra as acusações gerais de maus tratos e pior passadio, a que submetiam os seus escravos. Assim, se fazia, por exemplo, num trabalho sobre a agricultura em Minas, publicado em várias edições do *Correio Oficial de Minas*, em dias de outubro de 1859, sem constar o nome do autor, mas que supomos ser do Conselheiro Francisco de Paula Cândido. Dele retiramos os seguintes tópicos:

"O escravo do fazendeiro nesta província tem uma alimentação que faria inveja às classes indigentes da Europa e a muita gente livre que vive nas nossas velhas cidades. [...] A base da alimentação dos escravos é o feijão, e esse pão de farinha de milho (fubá) sem fermento, a que damos a denominação pouco eufônica de — angu. O angu feito em um tacho com água quente, bem como o feijão, é dado ao escravo à discrição, e há sempre tanta sobra que eles sustentam com ela seus cães. O toucinho também lhes é fornecido para adubar o feijão. O escravo tem além disso para seu alimento as ervas, como mostarda e serralha que crescem espontaneamente em todas as roças, as frutas, especialmente a laranja, que é de tanta abundância, em muitos lugares, que apodrece desprezada debaixo dos pés. Tem muitas vezes carne, e quase sempre ele mesmo aumenta a sua cozinha com a caça, palmito, mandioca, batatas etc. Quase todo escravo tem a sua roça própria, que cultiva nos dias santos e outras vagas, da qual o mesmo senhor compra-lhe os produtos nos anos de ruim colheita. Outros plantam fumo ou algodão, que vendem para a compra de roupas domingueiras e outras necessidades." Mais: "Além desses lucros lícitos, por via de regra, todo o escravo roubava de seu senhor."

Lembrava que era pelo geral bondoso o tratamento que os proprietários davam aos cativos, ponderando:

"Não é exato, como se pretende, que o trabalho escravo seja excessivo, e basta comparar por esse lado a sorte dos escravos nesta província com a dos jornaleiros das fábricas na Europa, para se concluir que aqueles são mais felizes. A diferença está no nome, se uns são escravos por lei, outros o são pela fome."

Citava a seguir as manufaturas de algodão na Inglaterra onde meninos desde a idade de oito anos trabalhavam oito a dez horas consecutivas, tornando a trabalhar depois de duas a três horas, e assim continuavam durante semanas. Para tê-los acordados, castigavam-nos com cordas, chicotes e às vezes com pauladas nas costas e na cabeça.

Vejamos como se tratavam os cativos numa fazenda típica do centro de Minas, pelo meado do século passado. Fazenda importante, a do Major Mascarenhas. Possuía mais de centena e meia de escravos de ambos os sexos. A vida a que estavam ali sujeitos, dando-se crédito ao que nos informa Paulo Tamm,[58] era bem melhor que na maior parte das outras fazendas. Um sino os despertava antes do romper do sol. Formados em fila no terreiro, eram contados pelo feitor e seus ajudantes, que logo a seguir rezavam uma oração, repetida por todos. Distribuída a cada um a alimentação da manhã, partiam para as lidas da roça e imediatamente homens e mulheres começavam o penoso labor. Às oito horas chegava o almoço, trazido por escravas, composto de feijão cozido com gordura e misturado com farinha de mandioca. Descanso de meia hora e, logo, continuação da labuta. Às duas horas da tarde vinha o jantar: feijão com angu e couve, o mesmo todos os dias. Duas vezes por semana, um pedaço de carne. Ao pôr do sol, regresso à fazenda. Passada a revista pelo feitor, recebia cada um a ceia, que era. um prato de canjica adoçada com rapadura.

O romancista Avelino Fóscolo, realista da escola de Zola, retraçou num quadro incisivo os hábitos sociais duma fazenda da mesma região e aproximadamente da mesma época. Quem sabe não era a mesma antes mencionada, que o escritor conheceu muito bem? Eis como, no romance *O mestiço*, mostra os tristes escravos cevando-se como suínos na comida que lhes é servida em pesadas vasilhas:

"Embaixo assomaram duas escravas trazendo o jantar. Os trabalhadores se encaminharam à sombra de um jacarandá onde as mulheres depuseram gamelas contendo a comida: angu em bolas endurecidas, quase petrificadas, e feijão intragável. Com avidez de famintos, procurando cada qual maior quinhão, lançaram-se sobre os mal preparados alimentos, comendo todos em promiscuidade, com as mãos imundas e numa voracidade de animal selvagem."

Servia-se o jantar às duas horas. O almoço, às oito, constara de feijão com farinha de mandioca. Finda a refeição, o feitor acendia o cachimbo e os homens livres chupavam compridos cigarros de palha, enquanto os cativos se privavam dessa distração, por temerem o feitor.

58. *A família Mascarenhas e a indústria têxtil em Minas*, Belo Horizonte, 1940, p. 65. — Obra reeditada com o título *Uma dinastia de tecelões*, Belo Horizonte, 1960.

Linguagem minudente, exata, é a que usa outro romancista mineiro, Gilberto de Alencar, em *Memórias sem malícia de Gudesteu Rodovalho*, ao fazer-nos a descrição da comida dos servos da gleba, numa fazenda para os lados de Capela Nova das Dores, perto de Carandaí. Muito cedo, ainda no escuro, após ingerirem o gole de cachaça e a xícara de café, eram os homens encaminhados para a roça pelo feitor. O almoço e o jantar eram trazidos do sítio por um dos camaradas. Vinham num grande balaio contendo a panela de feijão, o angu esparramado em largas folhas de bananeira, a abóbora moganga, a couve rasgada, raramente um pedaço de carne de porco fresca ou salgada. Posto no chão o balaio, todos se acocoravam em volta, enchiam as cuias, tomavam a colher de ferro estanhado e iam sentar-se por ali, nos troncos derrubados, comendo em silêncio. Repetiam uma e duas vezes. Iam depois às bananas ou ao leite com angu. Saciados, arrotavam sonoramente, puxavam da faca, cortavam na palma da mão o fumo de rolo, alisavam sem pressa a palha de milho, faziam o cigarro e batiam a binga, tirando fogo. À noitinha, no alpendre, tomavam outro gole de cachaça e outra xícara de café.

Inicia-se *Uma história de quilombolas,* de Bernardo Guimarães, com um diálogo entre o chefe do quilombo e um negro que acaba de se refugiar ali:

"— Então, malungo, está comendo tão caladinho!... Fala sua verdade, isto não é melhor do que comer uma cuia de feijão com angu, que o diabo temperou, lá em casa do seu senhor?...

— E às vezes nem isso, Pai Simão. Laranja com farinha era almoço de nós, e enxada na unha de sol a sol..."

O romancista Godofredo Rangel (*Vida ociosa*) fala duma fazenda do sul de Minas, onde havia tantos escravos, que davam de comer à molecada num cocho de que ainda no eirado restam vestígios. "Despejavam ali dentro tachadas de canjiquinha e com uma buzina convocavam a meninada esparsa. De todas as senzalas, da casa, da horta, negrinhos acudiam correndo, como uma horda de capetinhas nus. E as mãos avançavam para a comida."

Com o fim da escravidão, não melhoraram as condições alimentares da população negra. Em muitos casos, pioraram. Libertara-se do trabalho cativo e da dureza e maus tratos dos senhores; tinha porém agora de ganhar o sustento mediante a iniciativa e o esforço próprios, em condições penosas e difíceis. Muita gente de raça negra, esparsa pelos sertões de Minas, tão falha de recursos se acha em muitos casos, que se nutre mal e mal com o que a natureza avaramente lhe pode proporcionar: algum peixe, alguma caça, raízes, palmitos e frutas do mato, como pequis (com suas castanhas substanciais), araçás, goiabas, guarirobas, araticuns, cagaiteiras, pitangas.

O palhaço Benjamim de Oliveira, outrora famoso, filho de pretos, antigos escravos, conta em suas *Memórias*[59] como curtira privações durante a infância em Pará de Minas: "Todos ali sabiam — disse — que meus pais passavam dias e dias se alimentando de abóbora e mingau de fubá."

59. Recolhidas por CLÓVIS GUSMÃO, em *A Gazeta*, São Paulo, 2-9-41.

Capítulo XII

Decadência da economia extrativa mineral. – Minas é uma "província agrícola". – Lavoura rudimentar. – A derrubada. – Onde não existia mata, não havia lavoura. – Inquérito oficial em 1857. – Preços de gêneros. – Jornal dos trabalhadores, custo de alimentação, casa e vestuário. – Não mudou a situação do trabalhador de roça. – Pequeno crescimento da produção rural.

Referimo-nos em capítulo anterior à decadência da economia extrativa mineira, que cedeu o lugar à agricultura. Minas é uma "província agrícola", declara o Presidente Limpo de Abreu na sua mensagem de 1835 à Assembleia Legislativa.[60] Simples lavoura de subsistência, ainda assim insuficiente para atender às necessidades da própria província.

Com a intensificação da lavoura do café, a vida agrícola toma apreciável impulso. Desenvolve-se a pecuária, de que Minas já na colônia se tornara importante centro e a cujo lado veio a prosperar uma indústria de laticínios notável sobretudo pela produção do famoso "queijo de Minas".

Os métodos agrícolas usados eram dos mais rudimentares: tocava-se fogo nas matas, roçava-se, plantava-se e não se mexia nas plantações, até a colheita. Consideravam-se más as terras e havia prevenção contra o arado, que ainda hoje persiste, sendo o machado, a foice e a enxada os instrumentos do lavrador. Até bem entrado o século não era outro em todo o país o sistema de tratar o solo, baseado na derrubada: onde não existia mata, não havia lavoura. Saint-Hilaire anotou que em toda Minas por ele percorrida, só vira uma charrua, mas quebrada, abandonada, como traste inutilizável. É que ainda se trabalhava a terra como no tempo dos

60. Citado por FRANCISCO IGLESIAS, *Política econômica do Governo Provincial Mineiro*, Rio, 1958, p. 62.

primeiros capitães-generais. Os trabalhadores eram foiceiros, enxadeiros ou machadeiros, ganhando estes últimos melhor jornal que os primeiros.

A repartição de terras públicas do Estado tomou em dezembro de 1857 uma iniciativa interessante, ao dirigir às câmaras municipais uma série de quesitos assim formulados:

1. — Em quanto importam os trabalhos precisos para preparar um terreno de 100 braças em quadro de mato virgem para ser plantado?

2. — Quanto produzirá a mesma extensão de terreno, sendo plantado de milho, feijão e arroz?

3. — Qual o preço das terras, no município?

4. — Qual o preço médio dos salários dos cultivadores da terra e dos oficiais de ofícios mecânicos?

5. — Qual a quantia diária por que se pode alimentar um trabalhador?

Como oficiais mecânicos entendiam-se os carpinteiros, pedreiros, sapateiros, alfaiates etc. Nesses ofícios a proporção dos homens livres era muito superior à dos escravos. A lavoura queixava-se da falta do braço servil que escasseava de ano para ano e rendia pouco.

Não nos inteiramos do resultado final do inquérito, nem sabemos se todas as câmaras municipais responderam. Lemos porém alguns dados divulgados pelo *Correio Official de Minas*, em fevereiro de 1857, dos quais retiramos os que seguem. É de notar que só parte dos quesitos foi respondida. Vejamos:

Preços de gêneros vendidos no município de Montes Claros de Formiga e povoações vizinhas, termo médio: Milho, alqueire, 1$000; feijão, id., 3$000; farinha de mandioca, id., 2$000; arroz, id, 2$000; café, arroba, 3$000. A média do jornal do trabalhador era de $320 e a dos oficiais mecânicos,1$000. Um trabalhador podia alimentar-se diariamente com $200, vestir-se com $080 e despender com o aluguel mensal de casa $40.

Preços médios no município de Barbacena: Milho, alqueire, 1$000; feijão, id., 2$000; arroz, id., 1$000. Jornal dos trabalhadores, $640; derribadores, 1$200; oficiais mecânicos, 2$000. Sustento diário, $200; casa, 4$000; vestuário, 10$000 por ano.

Do município de Santo Antônio do Paraibuna: Feijão, alqueire, 2$000; milho, id., 1$000; arroz, id., 1$000. Jornal dos trabalhadores e oficiais mecânicos, de $700 a 2$000. Alimentação diária, $400 a $480. Casa, mês, 10$000 e 12$000. Vestuário, 20$000 a 60$000, por ano, conforme a classe do trabalhador.

Do município do Pomba: Milho, alqueire, 1$000; feijão, id., 3$000; arroz, id., 1$000. Alimentação diária do trabalhador, $640; aluguel mensal de casa, 4$000; vestuário, por ano, 15$000. Jornal do trabalhador, $640 e dos oficiais mecânicos, 1$280.

Do município de Caeté: Jornal médio dos trabalhadores, $320 e dos oficiais mecânicos, $800. Alimentação diária do trabalhador, $240; aluguel de casa, mensal, 1$000; vestuário, 3 fatos de algodão do país, por ano.

Do município do Curvelo: Preço médio do milho, alqueire, $640 a $680; feijão, id., 1$000 a 1$200. Jornais de trabalhadores de foice, $320; de machadeiros, $400; de carpinteiros, $640 a 1$000; de sapateiros e alfaiates, $400. Aluguel de casa ordinária, 3 a 4$000 por mês. Sustento diário, $240; vestuário anual, constando de 4 ternos de roupa de algodão, 10$000.

Do município de Dores do Indaiá: Milho, alqueire, $260; feijão, id., $800; mandioca, id., $800; café, id., 1$600. Alimentação diária do trabalhador, $200; aluguel mensal de casa, 1$200; vestuário por ano, 12$000.

Do município de Passos: Milho, alqueire, $640; feijão, id., 1$280; arroz com casca, id., $640; arroz pilado, id., 1$600. Jornal médio do trabalhador de foice e enxada, $400; derribadores, $800; oficiais mecânicos, média, 1$280. Alimentação do trabalhador, diária, $240; aluguel de casa, de 2$000 a 8$000 mensais; vestuário: camisa, ceroula e calça de algodão, 8$000.

Do Município de Caldas: Milho, alqueire, $500; feijão, arroz, id., 1$200, em média.

Do município de Patrocínio: Milho, alqueire, $640 a 800; feijão, id., 1$000 a 2$000; arroz com casca, id., $500 a $600; farinha de mandioca, id., 1$500 a 2$000; polvilho, id., 3$200 a 4$000. Sustento diário do trabalhador, $400 a $500; aluguel de casa, mensal, 1$000 a 2$000: vestuário, 15$000 a 16$000 por ano. Jornal do foiceiro, $320 a $400; do machadeiro, $640 a $800; de oficiais mecânicos, 1$000, 1$500 e 2$000.

Do município de Vila Nova da Formiga: Milho, alqueire, $640; feijão, id., 1$200; arroz, id., $640; café, id., 3$200. Jornal do trabalhador, $360 a $400; carpinteiros, 1$000 a 1$200; sustento diário de um trabalhador, $280; aluguel mensal de casa, 3$000 a 4$000, vestuário, por ano, a 10$000 a 12$000.

Do município de Lavras: Jornal do trabalhador, $500; de oficial mecânico, sustento diário, $400; aluguel mensal de casa, 2$000.

Os demais municípios que responderam ao inquérito forneceram aproximadamente os mesmos níveis de custos.

O jornal do trabalhador era miserável, como se deduz, comparando-o com a despesa de sua manutenção. Já depois da manumissão dos escravos, em plena desvalorização da moeda, o trabalhador de roça estava sujeito a doze horas de serviço por dia, com intervalo para o almoço, e ganhava, no máximo, 1$000. A situação não mudou em nosso tempo, a não ser quanto a pequena redução nas horas de trabalho.

A condição do roceiro pobre é a mesma do século XVIII. Já não se trabalha de sol a sol. O trabalhador rural larga às 4 da tarde, quando o sol começa a declinar. Ganha até cem cruzeiros a seco. A base de sua alimentação continua a mesma: feijão com angu. No melhor dos casos, carne-de-sol, isto é, charque de má qualidade. Antes, sim. Agora nem isso. O charque desapareceu. As crianças morrem como moscas, desnutridas.

Capítulo XIII

O trivial mineiro. – O feijão, "pai de todos". – O feijão-de-tropeiro. – A pimenta e o cuité de molho. – O acarajé e a pinga. – Numa fazenda da Mata. – A caça. – Parcimônia de leite, verduras e frutas. – Prevenção contra o leite. – O "queijo de Minas" e o requeijão. – Mineiro não dispensa o arroz. – O tutu de feijão e uns versos em seu louvor.

O trivial da mesa mineira (referimo-nos à das famílias que podem) era e ainda é, na maioria dos casos, tradicionalmente o mesmo, com pouca variação, nas diferentes regiões do Estado, Sul, Mata, Centro e Oeste, até as proximidades da Bahia, onde os hábitos alimentares se assemelham um tanto aos baianos. Comia-se e ainda se come principalmente o feijão, o angu, a farinha de milho ou de mandioca, o arroz solto, o lombo de porco, a linguiça, a carne de boi, seca ou verde, a galinha e, como erva, a couve. O feijão, "pai de todos", ocupa o primeiro lugar. Segue-se o angu. Depois o torresmo. O arroz rivaliza agora com o feijão. Enfim, a couve. Feijão com angu e torresmo, farinha e couve rasgada ou picadinha; eis o diário de uma casa em sua forma mais simples e mais comum.

Do grande número de variedades de feijoeiros, existentes no Brasil, o preferido em Minas é o grupo do mulatinho. Usam-se também as variedades do chumbinho, do manteiga, do roxinho e do preto. Ao feijão cozido, quase sem caldo, não esmagado, e juntado depois aos torresmos fritos e à farinha de mandioca, dão-se os nomes de "feijão-de-tropeiro", "feijão-das-onze" e "feijão-de-preguiça". Com o feijão-fradinho pode preparar-se saborosa salada, mas é pouco usado.

Vimos em certo periódico a receita de um feijão de tropeiro, assim denominado, gostoso talvez, mas inteiramente descaracterizado. Entravam na sua composição, além do feijão propriamente dito (cozido em panela de pressão), linguiça, ovos, couve, farinha de mandioca, banha e cebola e, o que era mais estranhável machucavam-se bem os grãos com colher de pau. Errado, positivamente. Só se era tropeiro do asfalto.

Ao antigo tropeiro deve a cozinha típica mineira, nota-o José Alípio Goulart,[61] esse prato cujo nome é um preito de homenagem ao valente perlustrador de sertões. A dieta do tropeiro tinha de ser necessariamente pouco variada. Nela entrava em primeiríssimo lugar o feijão, seguido da farinha de mandioca, do toucinho, da carne-de-vento ou seca e do café. Para o homem de tropa, assim como em geral para as rarefeitas populações do Brasil Central, a carne-seca supria a falta de sal, caríssimo então, e a da carne fresca, cuja provisão era muito difícil. Impunha-se a adoção duma dieta simples e nutriente. Nada melhor que o feijão substancioso, o toucinho salgado, para os chorumentos torresmos, a farinha de mandioca, para a gostosa farofa, a carne-de-sol, frita ou assada, e a couve picada. E tome pimenta. "Na mesa do caboclo, se a pimenta já não vem da panela, de mistura com a comida, não há de faltar o cuité do *molho*, mistura do fruto cáustico espremido com vinagre. Muitos há que colocam as pimentas inteiras na boca, mastigando-as, naturalmente; outros espremem-nas, mesmo sem vinagre, e assim as misturam com o alimento.[62]

Velhos de outros tempos recordavam com saudade as noites passadas em ranchos de tropas, sentados ou acocorados com os arrieiros em couros estendidos no chão, a contar potocas, a jogar ruidosamente o truque e a beber café em pequenos cuités, o gostoso cafezinho perfumado com erva-doce, enquanto ao lado fumegava o caldeirão com o feijão para o almoço do dia seguinte.

Na panela de pressão, o feijão coze em trinta minutos. No caldeirão comum demanda muito mais tempo e exige uma operação preliminar. Servida a refeição, o cozinheiro da tropa catava o feijão para o dia seguinte, pondo-o a cozinhar no caldeirão que ia ao fogo, pendente da tripeça volante de pau, a mariquita, e vigiava-o para não queimar.[63]

61. *Tropas e tropeiros na formação do Brasil*, Rio, 1961.

62. Obra cit., p. 122.

63. Obra cit., p. 126.

63ª. Assegurou-nos J. Figueiredo Silva, conhecedor da história e costumes de Sabará, sua terra natal, que o acarajé, assim como o abará, foram introduzidos na região do ouro pelos bandeirantes vindos da Bahia, os primeiros que teriam povoado o vale do Rio das Velhas, tão importante na formação social das Minas Gerais.

Iguaria incomparável para o paladar dos mineiros, e o mais mineiro dos pratos, é o tutu de feijão. O mais vernáculo é o feito de feijão mulatinho (o preto usa-se menos em Minas), o qual, depois de cozido, se engrossa com farinha de mandioca ou de milho e é servido com torresmos. Também se serve com linguiça ou com ovos cozidos, cortados em rodelas. Como a feijoada simples (usa-se pouco a completa), que se coze às vezes com carne de porco salgada, ou com carne-de-vento, é prato sólido que pede uma abrideira, o copinho de bom restilo. No fim, não se dispensa a xícara de café espesso.

Os bolinhos de feijão fortemente apimentados — os carajés ou acarajés[63a] são muito apreciados para se fazer uma boquinha, antes do almoço ou do jantar, como acompanhantes de aperitivos alcoólicos. As papilas gustativas da língua, estimuladas pela pimenta, exigem um traguinho para aplacar-lhe o ardor, e o álcool, excitador do apetite, pede mais uma boquinha e, assim, boquinha vai, traguinho vem, se embota a vontade de comer.

O trivial mineiro, numa fazenda da Mata, em fins do século passado, era assim descrito por Carmo Gama numa passagem dos seus muito curiosos *Contos mineiros*: feijão com angu e torresmo, lombo de porco assado, linguiça, couve e a mineiríssima farinha de milho esparramada na toalha branca. Aos domingos (ontem como hoje), a invariável galinha.[63b] Como sobremesa muito comum, o doce de cidra com queijo ralado curado, ou o melado com farinha ou aipim. Depois do jantar, na varanda da fazenda, chá de congonha ou café adoçado com rapadura. Comia-se o mesmo, pode-se dizer, em todas as boas fazendas do Sul, da Mata, do Centro e do Oeste de Minas.

Quando havia caça, quebrava-se a monotonia do trivial, não só para o fazendeiro, pois era a cinegética o seu desporto principal, como em geral para o homem do campo que tivesse espingarda e soubesse armar laços. Caçavam-se perdizes, codornas, pacas, tatus, caititus, antas, veados. As caçadas de paca eram as mais sumárias; as mais solenes, as de veados. Assim o diz o contista Carmo Gama, que nos deixou exatos quadrinhos de gênero da vida fazendeira, um deles de uma caçada de veados, precisamente.

E o leite? E as verduras? E as frutas? "Curioso é que o homem do sertão, mesmo o das fazendas de gado, não é muito chegado ao

63[b]. Galinha, no meu tempo de moleque nordestino — afirma Luís da Câmara Cascudo — era prato de luxo, para grandes dias, ou iguaria fina dos "resguardos" das parturientes abastadas. Era prato fino e, via de regra, raro.

leite, legumes, não são coelhos para comerem folhas, como dizem; frutas, só as da terra, cada uma em ocasião própria, pois misturadas dariam congestão."[64] Não é só na roça. Também nas cidades se bebe pouco leite e há parcimônia no consumo de verduras e frutas. Ainda hoje, no interior de Minas, alguns roceiros dizem que salada é comida de lagarto ou afirmam: "Não sou coelho para comer folhas, nem cavalo, para comer capim". Este ódio às hortaliças vem do tempo da mineração, em que a dedicação ao garimpo deixava pouco tempo para a pecuária e a horta doméstica. O povo preferia alimentar-se de carne vinda da Bahia, ou de produtos que exigissem pouco cuidado no plantio, como a mandioca, que, por sinal, já era cultivada pelos indígenas. São correntes ainda hoje velhos preconceitos contrários ao uso do leite por adultos, sendo comum ouvir-se: "leite faz mal", "leite é alimento de bezerros e cabritos", "leite ataca o fígado e os intestinos" etc.

Após inquérito a que procedeu entre moças mineiras, pôde estranhar a Prof.ª Júlia Viotti: "Que no Estado de Minas não se comia peixe, é perfeitamente admissível, mas que apenas 30% das nossas moças gostem de leite e que outros produtos de laticínios não tenham sido indicados entre sua alimentação preferida, é deveras admirável.[65]

O mineiro, pecuarista, mas pouco consumidor de leite, criou uma indústria de queijos que prosperou com o correr do tempo até ao ponto de alcançar atualmente mais de 80% do total produzido em todo o país. Nossos criadores do passado queriam do boi, principalmente, a carne e o couro. As vacas, soltas no pasto, produziam pouco leite, aproveitado para o consumo doméstico nas propriedades rurais. Nasceu destarte a indústria de laticínios, cuja produção já era apreciável em fins do século XVIII. Nas fazendas fabricava-se o que se chamou o "queijo de Minas", queijo branco, discoide, muito apreciado em todo o país. Preparava-se também o requeijão, massa de caseína de leite desnatado, adicionada de manteiga fundida. A fabricação de queijos em escala industrial iniciou-se em 1855, por iniciativa de Carlos Pereira de Sá Fortes, na região da Mantiqueira.

64. Obra cit., p. 122.

65. *Contribuição à antropologia da moça mineira*, citada por CASTRO BARRETO, "Hábitos e costumes alimentares", in *Estudos Brasileiros*, vol. XIII, julho-dezembro 1944, p. 252.

Nessa região privilegiada para a produção de laticínios, ensaiou o empreendedor industrial a técnica holandesa de preparar queijos dos tipos Edam e Gouda, da qual resultou o chamado "queijo do Reino", um dos melhores e mais estimados do Brasil. No começo do século, imigrantes italianos, instalados no Sul de Minas, trouxeram-nos o fabrico de vários tipos de queijos europeus, entre os quais o parmesão. A partir de 1920, chegaram à mesma região os primeiros técnicos dinamarqueses para a montagem de modernas fábricas de queijos.

Minas possui grandes rebanhos bovino e porcino que lhe asseguram posição de vanguarda entre as demais unidades da Federação, mas a industrialização da pecuária está longe de se fazer dentro da melhor linha técnica, precário como ainda é o aproveitamento de tão importante riqueza. Com relação ao leite, continua à frente da produção do queijo e da manteiga, muito embora a sua posição neste particular seja muito inferior às suas possibilidades.

No estrangeiro, o brasileiro sente falta do feijão e do arroz branco, cozido à brasileira. Mais do feijão que do arroz, se não são pessoas abastadas; mais do arroz que do feijão, se o são. Recordamo-nos dum Natal passado em Buenos Aires, quando éramos uns vinte turistas brasileiros hospedados no mesmo hotel. Ficou combinado que cearíamos juntos no restaurante "La Cabaña", Ora aconteceu que o maître conhecia o Brasil, onde havia vivido alguns anos, Em vez do peru, a tradicional *pavita* portenha, que está na mesa de todo argentino na festa natalina, sugeriu-nos a nossa consuetudinária galinha, não de molho pardo, como seria melhor, mas assada e sem ossos, devidamente acompanhada de arroz à brasileira. Aceitamos contentes a sugestão. Era em verdade a primeira vez que comíamos o brasileiríssimo arroz em todos aqueles dias que passávamos em Buenos Aires.

Pense-se na alegria que pode proporcionar a um brasileiro em viagem a presença do tutu de feijão numa mesa fora da pátria. Teve essa alegria o poeta mineiro Belmiro Braga, certa vez na Bélgica, ao comer na casa dum conterrâneo. O caso é contado por Dormevilly Braga.[66] Nada sabia bem ao poeta na mesa dos hotéis. Comia mal, até que um mineiro lá residente o convidou para jantar em sua casa. O poeta celebrou o evento nestes versos:

66. Citado por DJALMA ANDRADE, *Estado de Minas,* 26-5-65.

Na minha qualidade de mineiro,
E acostumado às coisas do meu lar,
Três meses eu andei pelo estrangeiro
Vendo muita relíquia... e a jejuar.

Dormia como um santo, mas à mesa
Quantas vezes senti, num calafrio,
O coração bater-me com tristeza...
E o estômago bater-me de vazio...

Mas um dia, na Bélgica, ditoso,
Pousei na casa de um patrício amigo:
Que refeição e que café cheiroso,
Tive eu naquele abençoado abrigo!

Que almoço e que jantar! E a pena leve
se emperra e as pautas do papel arranha:
E a pena tem razão... ninguém descreve
Um "tutu de feijão" em terra estranha!

Capítulo XIV

O angu de fubá. – Sem sal, por escassez do produto? – A farinha de milho e a de mandioca. – O mingau, a farofa, o pirão, a paçoca e os beijus. – Hábitos alimentares do fazendeiro. – O quebra-jejum. – Doces demasiado açucarados. – A cozinha da velha fazenda. – Falam poetas e romancistas. – Numa cidadezinha decadente. – Na roça: ceia pobre e rico jantar de bodas.

O angu de fubá, prato de grande sustância, indispensável na alimentação do roceiro, está igualmente presente na mesa do habitante dos centros urbanos. O mineiro prepara-o preferentemente sem sal, ao contrário por exemplo do paulista, que o usa mais comumente com sal. Atribui-se tal preferência do mineiro à extrema escassez do sal em Minas durante o século XVIII. Dos dois alimentos principais e às vezes únicos da população das Gerais, o feijão e o milho, era este o que podia dispensar o sal na forma habitual de angu. Impunha-se pois o uso do angu sem sal. Invenção de mineiro? Seria preciso prová-lo. O problema do abastecimento do sal foi muito grave no país em toda a fase colonial, esta é que é a verdade.

"O suprimento de sal, especialmente para as cidades vicentinas, sempre foi difícil e penoso. Na Vila de São Paulo, o mau fornecimento do precioso condimento causou até revoltas. Se na Vila de São Paulo, que estava relativamente próxima do porto de sal, havia tremendas dificuldades para a sua obtenção, que seria então das Gerais?" É o que, escreve Mafalda P. Zemella, em obra já aqui mencionada.[67] E cita o autor anônimo da *Descrição dos sertões de Minas*, quem só podia ter ideia clara das dificuldades quem as conhecesse de perto. Sofria a população. Sofriam os animais domésticos. Bois, cavalos, cabras, carneiros, e porcos rodeavam as casas de seus

67. *O abastecimento da Capitania das Minas Gerais no século XVIII*, São Paulo, 1951, p. 193.

proprietários, dias inteiros, sem procurar os pastos, lambendo as terras dos terreiros, as beiradas das casas, salobras com as urinas. Ou corriam sôfregos às queimadas, por causa dos sais contidos nas cinzas e até os ossos dos animais mortos e esparzidos pelos campos eram disputados pelas criações, por causa dos sais neles contidos.[68] Principal causador da carestia? O monopólio, existente em todo o país e só extinto por ordem régia de 27 de maio de 1795.

O sabor do angu pode ser muito melhorado se acrescido de torresmos ou linguiça. Adicione-se-lhe a erva picadinha, afogada, e tem-se a tríade tradicional: feijão, angu e couve. O arroz branco, cozido ao nosso modo, também não pode faltar na mesa da família mineira. Nem a farofa de farinha de milho ou de mandioca, tão apreciada pelo paladar de nossa gente. Faltando a farofa, é de uso adicionar-se ao feijão com caldo a farinha simples, torrada ou não, para engrossá-lo. A farinha de milho é conhecida com diferentes nomes, farinha de munho, farinha de cachorro e piché, dando-se este nome ao fubá torrado. Com o fubá de milho prepara-se o popularíssimo mingau, que pode ser simples, com açúcar e polvilhado de canela, podendo ser comido com fatias de queijo ou adicionado de leite ou mel, e toma-se pela manhã como desjejum, ou à noitinha como a última refeição do dia. Muito usados também o mingau de milho verde e o angu com leite.

Rivaliza com a de milho a farinha de mandioca[68a] em muitos casos semelhantes, já servida pura, já misturada no feijão e outros pratos, já compondo o pirão, a farofa, a paçoca e os beijus. Na mesa da gente do interior, onde falta o pão e não raro também a *quitanda*,[69] é costume engrossar-se o café matinal com farinha de milho ou de mandioca. O poeta Abílio Barreto, filho de Diamantina, fixou nos versos finais de um sonetilho esta cenazinha roceira:

68. *Rev. do Instituto Hist. e Geographico Brasileiro*, V. XXV, p. 434.

68ª. "A mandioca, também chamada aipim ou macaxeira, é alimento de valor inestimável para o povo brasileiro, em todas as regiões, quer usada a raiz assada ou cozida, quer em forma de polvilho, tapioca, tucupi, beiju, tacacá ou farinha, todas elas heranças da cozinha indígena." (Renato Almeida, *Manual de Coleta Folclórica*, Rio, 1965, pág. 209).

69. Este vocábulo, no sentido em que o empregamos, é um *mineirismo*, segundo a opinião de BASÍLIO DE MAGALHÃES, "pois na terra dos inconfidentes *quitanda* significa qualquer biscoito, bolo de açúcar ou os vulgarmente chamados "doces", e os derivados *quitandeiro e quitandeira* regulam-se pela mesma acepção." (Bernardo Guimarães, Rio, 1926, p. 230). Usado com o mesmo sentido em Goiás, Mato Grosso e São Paulo, conforme JACQUES RAIMUNDO, *O elemento negro na língua portuguesa*, Rio, 1933. No resto do Brasil, quer dizer lugar onde se vendem hortaliças, frutas, ovos, aves etc.

Enquanto o pai quebra o milho
Para os pintos, anda o filho
Agarrado ao seu cuité.

No chão limpo da cozinha,
Pedindo à mãe mais farinha
Para engrossar o café.

No romance de sua autoria, *A filha do tropeiro*, Abílio Barreto aludiu a "um almoço delicado e genuinamente mineiro", composto de frango de molho pardo, feijão, angu, arroz, lombo de porco e ervas, regado por algumas garrafas de vinho do Palácio. Referia-se ao muito estimado vinho que se fabricava com a uva colhida na chácara do Palácio Episcopal de Diamantina.

Outro diamantinense, Ciro Arno, em *Os Jatobás*, livro de reminiscências de seu tempo de rapaz, ainda em fins do século passado, traz à baila um festim na sua terra natal. Festim completo, opíparo, assim descrito: leitão assado, arroz de forno, tutu de feijão, linguiça, lombo de porco, peru, galinha... E os vinhos da terra. No romance *O hóspede*, de Aristides Rabelo, também diamantinense, fala-se dum piquenique, em que cada homem deveria levar uma garrafa de cerveja ou de vinho, ficando as comidas a cargo das senhoras: uma levaria o tutu de feijão, outra o lombo de porco assado com batatas, aquela o arroz solto, esta os doces, estoutra o presunto ou a lata de azeitonas.

Consoante velha tradição, num jantar genuinamente mineiro, de que participem muitos comensais, a sobremesa é servida à parte, em outra peça. Saint-Hilaire observou o gosto dos mineiros por doces e geleias e o seu pendor para confeitá-los. Censurou-lhes, porém, o abuso do açúcar, que mascara o sabor dos frutos. Este reparo ainda o fazem muitos estrangeiros que provam os nossos doces. E estranharam alguns viajantes franceses que comêssemos doce com queijo, heresia culinária, na opinião desses mestres no assunto, dos quais se diz que fabricam cerca de trezentas variedades de tal massa alimentícia.

O Visconde de Araxá, nas suas reminiscências,[70] falou-nos dos hábitos dos donos duma fazenda de Minas, no penúltimo quarto

70. *Reminiscências e phantasias*, Vassouras, 1883, I, p. 175.

do século passado. Levantavam-se com as galinhas e entravam logo na labutação doméstica até o escurecer. "Almoçavam às oito da manhã, jantavam à uma da tarde, à noite rezavam o terço, e metiam-se logo na cama depois de tomado o competente banho." A maior parte, julgando insuficientes as três comidas, fazia outra às onze e merendava antes do terço. Como era o banho? Instalações hidráulicas não as havia ainda, nem mesmo nas cidades. Tomava-se o banho de sopapo, em gamelas e em tinas ou, no melhor dos casos, em bacias de folhas-de-flandres.

A alimentação ordinária do roceiro sertanejo compõe-se de feijão, angu, arroz cozido, alguma erva e, nos melhores casos, ovos e galinhas. Sem faltar a farinha de mandioca. Usa-se o leite cru ou coalhado, mais que o cozido. Cedinho, ao levantar-se com o sol, o roceiro *quebra o torto*, como em algumas partes se denominam o desjejum ou quebra-jejum, alguma coisa que se come — restos da comida da véspera, muita vez — enquanto não chega a hora do almoço.

O quebra-jejum das famílias roceiras de mais posses costuma ser abundante: ovos fritos, espalhados sobre a farinha de milho e constelados de torresmos quentes. Como veículo desse alimento sólido, canecas de café puro, adoçado com rapadura ou garapa. Café mateiro torrado a capricho.

Das velhas fazendas do século passado restam algumas que nos dão ideia de como era a morada da família fazendeira e seus agregados, serviçais e camaradas. A fazenda mais comum era uma construção de pau a pique ou taipa, térrea ou de porão, com seis ou oito janelas à frente e a porta de entrada no centro, dando para o patamar e a escada de alvenaria. As mais importantes, assobradadas, tinham na frente varandas mais ou menos extensas. Pelo número de janelas que a fachada ostentava podia-se avaliar o das peças da morada, comumente de chão batido ou de seixos rolados, quando baixa, ou assoalhada, se era de sobrado, forradas algumas peças, nos melhores casos, com esteiras de taquara ou de tábua. A um lado, fica o engenho de moer cana para o fabrico da aguardente e da rapadura. Junto dele se acha o alambique para o melado. A outro lado, pouco distante, a estrebaria, com as éguas ou bestas de sela. Segue-se o curral de gado, mais ou menos amplo. Logo adiante é o quintal, com a horta de legumes e cheiros. Galináceos soltos esgaravatam o solo. Porcos cevam no chiqueiro. Outros, na rebaixa, fuçam no lamaçal junto ao regato. Vem por fim o pomar e daí em diante é o canavial, a plantação do milho, entremeada de feijão, abóbora, batata e, em renques regulares, pela encosta acima, o cafezal.

O interior da casa é o reduto das mulheres, que não se apresentam aos hóspedes nem comem à mesa. A dona da casa, se não é grande senhora, com fidúcias de nobreza, lida o dia todo na cozinha. Segundo a antiga tradição europeia, a cozinha — o lar — é o compartimento mais importante, o lugar da casa onde se passa a maior parte do tempo. Veja-se como a descreve um conhecedor da vida rural:

"Ali se cozinha. Pela manhã reúnem-se os camaradas para beber café. Ordens, o patrão as dá nessa hora. Naqueles bancos e banquinhas, assentam-se as visitas, gente sem cerimônia, considerada de casa. A patroa tem a sua banquinha reservada de remendar. Almoça-se e janta-se, cada um tirando o que lhe apetecer nas panelas fumegantes. À noite não falta ninguém. [...] Em torno contam-se histórias, fala-se de política, do tempo, das guerras que andam lá por fora, enquanto se bebe café. Isso até a hora do leite, a escolher, com angu ou farinha. Parece uma grande fornalha essa cozinha. O fogão, a trempe de sabão, tudo queimando lenha; entra ano, sai ano, reveste as paredes, os portais, as portas inteiriças, o telhado, uma grossa camada de negro picumã. Do que não escapa o longo varal de bambu, sempre repleto de cheirosas linguiças, de entrecostos e apetitosos lanhos de toucinho. Debaixo das mesas, no meio da lenha, os cães dormem, rosnando às pulgas.[71]

Artur Lobo, numa página intitulada "A vida rústica", recorda uma "pobre ceia da roça, composta de fatias de queijo, broas de milho, pipocas e beiju de mandioca, tudo isso regado por um café espesso, que circula pela mesa, lançando numa nuvenzinha de vapor do bico da chaleira um delicioso aroma."

Em outra página do mesmo escritor. "Bodas na roça", descreve-se a dobadoura que vai na cozinha de rica fazenda, com os preparativos duma festa de casamento:

"Lá pelo engenho andam a cozer beijus sobre as chapas de torrar farinha, ao lado da grande roda dentada da atafona. Sobre um brasido aceso, numa cova aberta no chão, estão-se assando leitões empalados, e da cozinha, armada agora ao ar livre, vem um cheiro

71. ALBERTO FURTADO PORTUGAL, *Contos da Mata Mineira*, Rio de Janeiro, 1939, p. 99-100.

de pitéus e regalos que um chiar de manteiga nas caçarolas anuncia, entre exclamações de mulheres azafamadas e guinadas de rapazes. Correndo a um lado da varanda, improvisaram-se mesas de doces e iguarias redolentas, sob um toldo provisório, feito de palmas de bananeira sobre arcos de bambus, enfestoados de madressilvas. Candeias de azeite já estão fincadas à parede."[72]

Outra festa de bodas, numa fazenda do Sul de Minas, em época mais recente, é a que descreve o romancista Orlando de Souza,[73] verdadeiro banquete servido ao ar livre, numa aberta do pomar, debaixo das laranjeiras. Na comprida mesa de tábuas emendadas sobre cavaletes estende-se a profusão de tabuleiros, travessas, bandejas e terrinas fumegantes do bom cheiro das leitoas e pacas assadas, perus e frangos recheados, tutus, linguiças e arroz solto, de entremeio com garrafa de vinho zurrapa e pinga boa da cabeça. Conversas em voz alta, gritos e gargalhadas alternam com o tinido de garfos e colheres. "Pratos espatifavam no chão, engordurando as meias das senhoras e as calças dos homens. Caboclos estouvados, infensos aos talheres, metiam mãos enormes nos tabuleiros, puxavam nacos de leitoa, pedaços de frango, e iam comer fora da mesa, numa pressa de indígena faminto, lambuzando o bigode, sujando o fato domingueiro. Garotos espertos mergulhavam entre as pernas dos homens e das mulheres e varavam do outro lado da mesa, com pedaços de carne. Somente nas vizinhanças da cabeceira, onde se achavam os noivos, é que os homens graves, sentados, comiam com civilidade, conversando animadamente, servindo-se uns aos outros." Em seguida passava-se à mesa dos doces, que ficava mais adiante, e era a hora dos discursos e saúdes.

Em seu romance *Misael e Maria Rita*, entretecido de reminiscências e impressões do passado, Gilberto de Alencar soube fixar a vidinha acanhada de uma cidadezinha decadente de antiga região aurífera, mal ajustada à economia agrícola, no trânsito do século passado para o atual. Terras de antigas minerações, más para a lavoura. Carrascais e macegas, calcinadas pela soalheira. População empobrecida, passada a febre do ouro. Miséria econômica, mas, ai!, riqueza demográfica. "Não sei porque chamam isto de cidade morta. Morta nada! Vida não falta por aí, nem muito menos

72. *Serões e lazeres*, Belo Horizonte, 1923, p. 34-35.
73. *São João do Paiol*, Belo Horizonte, 1960, p. 181.

procriação." Era o que dizia o médico do lugar, doutor da pobreza. Os casebres regurgitavam de filhos em promiscuidade. Filosofava: "Divertimento de pobre é esse mesmo, vocês não acham? Cidade morta coisa nenhuma, cidade mais do que viva..."

Vida apagada e como subterrânea, aquela, diz o romancista, "vida silenciosa, quase toda a gente dentro de casa pondo em prática habilidades miúdas, entregando-se a pequenos trabalhos, apelando para recursos domésticos que lhe aumentassem o ganho de cada mês, que mal chegava para as mais urgentes precisões". Famílias doceiras mandam à rua tabuleiros de cocadas, de canudos de queijo, de brevidades e pés de moleque. Outras organizam o víspora noturno, com o olho no barato. Outras apuram uns cobrinhos com o bolo de feijão muito apimentado, ou fabricam em tachos de cobre as amêndoas com que se enchem os cartuchos da Semana Santa. Havia as peritas no preparo de limões de cheiro para o Entrudo e as que se dedicavam às rendas e bordados, sem contar as que lavavam para fora, e eram numerosas. Os homens sem emprego bateavam da manhã à noite, no córrego ou no rio. Os grânulos de ouro, apurados nos dias mais felizes, vendiam-se a um ourives a troco de alguns mil-réis. Outro expediente para aumentar a pífia receita doméstica consistia em aliciar amigos e conhecidos para a tradicional canjica noturna temperada com leite, rapadura e amendoim, comumente servida entre as oito e as nove e cobrada a duzentos réis cada prato fundo.

Um personagem do romance, pernambucano, elogia a culinária do Norte, mas convindo em que a mineira também é excelente: "O lombo de porco, o tutu de feijão, a linguiça com farofa, o frango de molho pardo, a própria couve rasgada... Sim, a própria couve quando é bem-feita. E notem que não falei ainda no feijão de tropeiro, que é verdadeiramente sublime!"

Excelente, sem dúvida, para quem podia comê-los. A pobreza do lugar era muito grande e se aquilatava pela mesquinharia das compras nas vendas: cem gramas de toucinho, meia rapadura, um quarto de queijo, três vinténs de querosene, meio litro de farinha, feixes de lenha de quarenta réis e o resto nessa proporção.

Uma viúva, antiga fazendeira, personagem do romance, passava por mulher de recursos, embora fosse notória a sua avareza. Vivia em companhia de uma irmã caçula, em quem descarregava toda a lida caseira: Maria Rita fazia a comida, sob as vistas da velha forreta, que vigiava coisa por coisa. Media uma caneca de fubá, sempre para menos. Retirava de uma panela de pedra a gordura coagulada e muito branca, na quantidade indispensável para o almoço e o jantar. "Do meio da gordura retirava ainda, com o garfo, um pedaço de carne de porco, pernil ou lombo, só para ela, como só para ela era o arroz, Maria Rita comendo apenas o feijão com angu e a couve da horta. Abóbora havia com abundância todos os dias."

Ainda um depoimento de romancista. Em *Pontes & Comp.*, de João Lúcio, descreve-se com minúcia realista uma vasta comezaina, oferecida, numa cidadezinha do Sul de Minas, a centenas de convivas, por um comerciante rico, em maré alta de prestígio social e político. Assim:

"Em grandes travessas, leitoas, ajoelhadas sobre as curvas, tinham presas às dentuças ovos cozidos e sobre os dorsos tostados rodelinhas de limão; perus estufavam os louros papos salientes, crivados de palitos com azeitonas; em grandes pratos erguiam-se montanhas de tutu de feijão, rodeadas de apetitosas linguiças [...] Nos intervalos dos pratos erguiam-se montículos de farinha de milho muito alva e garrafas de vinho e aguardente."

E era para comer até empanturrar, com a ajuda da farinha muito alva, espalhada em montículos junto dos pratos (note-se o pormenor tradicional) e, naturalmente, levada à boca com os dedos. Nada de saladas, sopas ou peixes. Não se tratava, em verdade, de um banquete, mas de uma patuscada para muita gente de diferente condição.

Ah, a pobre vidinha, a vida mofina das pequenas cidades aletargadas do interior em fins do século passado! Enquanto a gente com haveres podia às vezes banquetear-se com leitão assado ou pato com arroz de forno, o povo miúdo vivia de barriga murcha, em permanente estado de subalimentação. O romancista que mencionamos por último esboça um quadrinho de gênero. Negras e mulatinhas, encostadas ao balcão da venda, pedem:

— Um cruzado de farinha.

— Meio quilo de assucre xujo.

— Um cobre de pinga.

— Meia garrafa de crozene.

Já não há o "cruzado" nem o "cobre". Já não há nas vendas o "assucre xujo", mais rico em substâncias nutrientes que o cristalizado. O Dr. A. da Silva Mello é de opinião que o açúcar mascavo, escuro ou "sujo" deve ser o preferido, tanto na alimentação de indivíduos como na de doentes. Está desaparecendo do comércio, o que é de lamentar porque o seu emprego em mingaus e sobremesas, consoante a antiga moda brasileira, torna estes manjares mais apetitosos.

No seu interessante ensaio, *O sensualismo alimentar em Portugal e no Brasil,* já citado aqui, o escritor e médico Dr. Dante Costa observa que a nossa literatura "é pobre de descrições de grandes pratos, ou de almoços e de festas de mesa", o que de certo modo confirmaria a ideia do que ele denomina "a indiferença anímica do brasileiro pela alimentação". Assevera: "Mesmo os nossos escritores naturalistas não se detiveram muito em comezainas. Tais páginas são raras em Machado de Assis, em Aluísio Azevedo, em Graça Aranha, tão civilizado. Até em Afrânio, tão culto e apurado. São raras na literatura, porque são raras na vida mediana do povo." Outro escritor, Brito Broca, comentando o ensaio, opôs alguns embargos à afirmação de Dante Costa. Demonstrou que muitas indicações de interesse anímico pela mesa e cozinha podem apontar-se em escritores nossos.

Claro que se podem apontar, e numerosos.

Estava certo, Brito Broca. Aqui mesmo, notadamente neste capítulo, se acham referências de escritores mineiros a fatos culinários. Mencionamos os depoimentos de alguns, quase todos contemporâneos da fase do naturalismo. Daremos por último o de um romancista atual dos mais festejados, Ciro dos Anjos. Em *Explorações do tempo*, crônica de infância, referiu-se à mesa de sua família — gente de casa grande e piano —, em Santana do Rio Verde, criptônimo de Montes Claros. Era no princípio do século e em torno da mesa cabiam os catorzes filhos do patriarca e mais os convivas habituados à casa e ainda por vezes os hóspedes de ocasião por não existirem hotéis na cidadezinha sertaneja de 2000 habitantes.

"Servia-se o almoço às dez e o jantar às quatro, recorda o memorialista, e isso representava já uma concessão aos hábitos citadinos. Meu pai nascera na roça, e horário ideal parecia-lhe o da tia Perpétua, que, às nove, papava o seu picadinho com angu, ao meio-dia merendava, e às três despedia-se da mesa com uma sopa de feijão, para se meter entre os lençóis assim baixasse a noite, conforme prescreviam os antigos: *Janta com o sol alto, não terás sobressalto; com o sol posto, descansa o rosto.*"

O regime alimentar era o mais sóbrio. Cifrava-se principalmente no picadinho de angu com quiabo, ao almoço, e sopa de feijão, ao jantar, e pouca coisa mais, além do arroz. Havendo convivas de categoria social, melhorava o cardápio. A preta cozinheira mostrava então suas prendas culinárias. "Bojudas terrinas, grandes travessas de louça chinesa, por certo tempo esquecidas, desciam das prateleiras altas da copa, e esquisitos manjares desfilavam a nossos olhos atônitos", lembra o escritor. E até podia acontecer que o patriarca abrisse uma garrafa de alvarelhão ou um frasco de Chianti.

Capítulo XV

Ainda a vida fazendeira. – Na zona dos gerais, em outros tempos. – Depoimento de um "costumbrista". – A consoada, festa tradicional da família luso-brasileira. – As caçadas. – A festa da "bandeira" ou "mutirão". – Grande jantar dos brancos. – A refeição dos escravos. – A festa no Sul e no Oeste mineiros.

Carmo Gama descreveu nos antes citados *Contos mineiros*,[74] com minúcias de escritor *costumbrista*, em forma insuperável, a vida fazendeira na zona dos gerais, isto é, da zona dos campos gerais, talvez a mais característica das regiões de Minas na época da economia agrária que sucedeu à da mineração.

Foi a fazenda, por excelência, o núcleo formador de todo um sistema de atitudes e modos de proceder, de costumes e juízos de valor, do que constituiu, enfim, a cultura patriarcal peculiar daquela época.

As fazendas mais importantes tinham "de um tudo", como diz a gente do povo. As longas distâncias que as separavam dos grandes centros urbanos, vencidas a cavalo ou em lombo de mula, o penoso e demorado transporte de mercadorias em récovas de bestas, formando comboios, obrigavam a uma economia própria, autossuficiente até certo ponto.

Rareavam muitas utilidades. O pano das roupas, de algodão ou lã, era fiado e tecido a mão pelas mulheres da fazenda. Ovelhas forneciam a lã para os tecidos. Faziam-se em casa as balas para as armas de fogo. Com balas assim fabricadas combateram muitos revolucionários de 42. Desse tempo era a reiuna, espingarda curta e de fuzil, e a colubrina, arma primitiva que detonava por meio de um botafogo ou mecha. Usava-se a colubrina, especialmente a de dois canos, nas caçadas, principal diversão do fazendeiro, realizada quase sempre em partida, adrede preparada, com pessoas amigas reunidas

74. *Rio Novo*, 1915.

para esse fim. Caçava-se a onça, o veado, o caititu, a anta, com matilhas de cães adestrados, conduzidos por escravos perreiros.

A festa tradicional da família luso-brasileira, que é, vernaculamente, a *consoada*, com a ceia de Natal, a missa do galo, o presépio do Menino Jesus, as pastorinhas, a troca de obséquios entre os vizinhos (quitandas, pratos de arroz-doce, rabanadas, condessas de pastéis, partes de leitão ou de cabrito, garrafas de vinho ou licor etc.), festa que se prolongava até o Ano Bom e Reis, só veio a corromper-se, por via francesa, depois da República, com a macaqueação do Papai Noel, o pinheiro, a neve e mais usos dos países da neve e do pinheiro.

Tradicionais eram também os festejos de São João e São Pedro. Outra festa ainda, essa de trabalho em comum, chamada da *bandeira*, ou *mutirão*, realizava-se ao fim da capina do milho no grande eito de que participavam centenas de enxadeiros, vindos de toda a redondeza para o adjutório.

O contista descreve-a, chegando ao fim:

"Na roça, os moços e os feitores começaram a dar salvas de reiúnas e os cantos dos trabalhadores redobraram de intensidade crescente. O eito, em vez de continuar em linha reta, foi formando curva e finalmente um círculo perfeito. O mato desaparecia, voando nos olhos das enxadas, cujas lâminas petiscavam fogo nos cascalhos. Quando o diâmetro desse grande círculo se reduziu a poucos metros e as enxadas se chocavam num tilintar, como se, à arma branca, dois exércitos se encontrassem em duelo de morte, um negro velho, gravemente, largou a enxada, levantou as mãos e pulou no pequeno círculo. Tudo cessou como por encanto, e somente se ouviam as salvas, que os ecos faziam reboar pelas quebradas dos morros fronteiros.

"O negro velho, mãos erguidas, de pé na pequena moita ou restinga que faltava em toda a vasta roça de milho, fazendo mil gatimanhos, qual mais burlesco, à direita e à esquerda, no mais religioso silêncio de seus parceiros, tirou um novo *jongo* ou deu o *ponto*, repetindo as primeiras palavras duas ou três vezes. De repente deu um pulo para trás, retomou sua enxada e, adivinhando seu ponto, o coro prorrompeu na mais desenfreada cantarola, como hino de vitória entoado pelos guerreiros vitoriosos. Dir-se-ia um coro de todas as fúrias, que, deixando as tétricas moradas do Averno, transposto o Aqueronte, tivessem vindo dar ao mundo a prova do seu poder. O resto do mato, os poucos pés de milho dentro do círculo, tudo, reduzido a cisco, voava pelos ares; as enxadas, nessa dança macabra de contentamento, entrechocavam-se, petiscavam fogo e os ares atroavam-se com as vozes dos trabalhadores e os choques dos ferros! Estava acabada a grande capina daquele ano!"

Entre "vivas!" aos senhores, aos sinhôs moços, aos feitores e aos companheiros de eito, desceram os trabalhadores para a estrada, onde formaram préstito, caminho da fazenda, levando à frente duas bandeiras formadas de grandes lenços de chita, presos a canas de milho. Ouviam-se tiros compassados de armas de fogo, antigos mosquetes atados no esteio da porteira do pasto e aos quais se chegava fogo na escorva das caçoletas.

O fazendeiro, rodeado da família e convidados, todos na varanda, aguardavam o préstito que se aproximava em meio a uma barulheira ensurdecedora, produzida pelos pretos, batendo com pedras nas lâminas das enxadas e cantando em coro os seus cantos afro-brasileiros. Rompeu a foguetaria, preparada pelo fogueteiro do arraial. Os pretos mestres, portadores das duas bandeiras, com chocalhos nos pés e braços, fazendo piruetas e manobras, sempre cantando e erguendo acercavam-se dos senhores e um deles depunha a bandeira de cor vermelha aos pés do fazendeiro.

Segue-se a entrega da segunda bandeira, destinada à senhora, celebrada com a mesma alegria e as mesmas formalidades. O fazendeiro ordena então que o feitor arranque o tampo superior dum pipote de vinho para que os pretos, suados e sedentos, encham seus canecos e cuités, cuias e cangirões, por entre repetidas ovações! Logo, é o grande jantar para os brancos, com opíparas iguarias regadas a bom vinho, servindo-se em outra mesa, conforme o costume mineiro, quitandas e doces finos, alguns ao modo da Corte, preparados por escravas de estimação, peritíssimas em quitutes e doçarias. Os cativos tinham também a sua festa, mais ruidosa e animada, e era-lhes servida, no pátio interior, abundante refeição constante de feijão com lombo de porco, abóbora, couve rasgada e farinha de milho à discrição. Ouviam-se saúdes e coretos, gritos onomatopéicos, falas desconexas com muitas macaquices e os monótonos jongos africanos.

Nas "*Reminiscências de Jacuí*" (*Revista do Archivo Publico Mineiro*, IV, 1899) descreve-se com bastante minúcia o mutirão realizado num sítio da comuna mineira daquele nome. Com alguma antecedência são avisados parentes e amigos das redondezas para participarem do "adjutório". A prazo conveniente começa a lufa-lufa doméstica para o preparo de biscoitos, broas, assados e mais comestíveis indispensáveis à alimentação dos concorrentes ao trabalho. Matam-se leitões e reservam-se galinhas para o abate. Adquirem-se garrafões de cachaça e rapaduras para os doces e o café. Chegado o dia aprazado, estão todos reunidos para o grande eito, que se inicia bem cedo, depois de feita ligeira colação. Às nove horas chegam as mulheres conduzindo caldeirões, gamelas e sacos de farinha de milho e mandioca, pratos de folha, chaleiras de café e garrafões de aguardente. É o almoço. Vazios os garrafões e o vasilhame, recomeça a faina, prolongada até meio-dia, hora da pausa para o "café com duas mãos", que na gíria dos roceiros significa café com biscoito. Ao pôr do sol, dado como findo o serviço, os trabalhadores, enxada ao ombro, dirigem-se para a casa do lavrador, onde é servido o jantar. Numa grande mesa, armada no terreiro, acham-se os bácoros assados, brilhantes de chorume, de pernas para o ar, os frangos dourados a fogo lento, além de outras iguarias, tudo rescendendo a temperos que excitam o apetite. Depois, é o cateretê, até o romper do sol. Todos se retiram contentes e mais contente ainda fica o dono da festa por ver toda a sua roça capinada, *gratis pro Deo.*

A propósito do mesmo costume, observado no município mineiro de Pains, lemos na obra de Clóvis Caldeira, *Mutirão*:

"Logo pela manhã, entre as 8 e as 9 horas, é servido o almoço, levado ao local do serviço, em baldes de estanho e gamelas. Na volta do dia, cerca de 12 horas, serve-se novo mata-bicho, que se faz acompanhar de café adoçado com rapadura e de merenda, quase sempre bolo de fubá de milho com rapadura e, mais raramente, pão de trigo."

Capítulo XVI

O enorme apetite dos barqueiros de Minas. – Pelo Rio Jequitaí abaixo, em ajoujo de canoas. – A alimentação do canoeiro. – Com os canoeiros do Araçuaí e do Jequitinhonha. – A espetada de carne-seca. – A feijoada. – O "choriço". – Nas ribeiras do São Francisco. – Dieta sertaneja. – Abundância de peixe. – O surubim. – Receitas de pescados.

Burton referiu-se ao barqueiro de Minas, diverso do da Amazônia. Descendo-se o Rio das Velhas até o São Francisco, o transporte se fazia em ajoujo, formado por duas ou três canoas emparelhadas à distância de cerca de 10 centímetros e travadas por pranchas em dois terços de sua extensão, em forma de passadiço. À popa ficava o camarim, feito de bambus curvos e entrelaçados e coberto de palha ou de lona. Um jirau, uma talha e trens de cozinha constituíam toda a tralha. Admirou-se Burton do enorme apetite dos barqueiros e de sua facilidade em versejar.

Da viagem que fez, em julho de 1877, pelo Rio Jequitaí abaixo, até a cidade de Januária, deixou o juiz Carlos Ottoni um relato de que alguns pormenores nos interessam aqui. A *Revista do Arquivo Público Mineiro* (XI, 1906) houve por bem publicá-lo em suas páginas, sob o título "*De Diamantina ao São Francisco*". Fez-se a viagem em ajoujo de canoas, assoalhadas de madeira e cobertas de couros, tripuladas por um piloto e dois remadores. O andar de ajoujo, vagaroso e monótono, não permitia percorrer mais de oito horas diárias, de manhãzinha até a noite. Pelo trajeto viam-se roças de milho, canaviais, hortas, laranjais, limoeiros, muita melancia. Um surubim, pescado no rio, custava 500 réis. Ovos, seis por 40 réis. Cento de laranjas, 100 réis. Limas, abóboras, melancias — sem preço.

Os barqueiros, homens resistentes, alimentavam-se bem com o seu feijão com farinha e toucinho. Ao meio-dia exigiam uma parada para a jacuba, que temperavam com farinha, rapadura e limão. A jacuba, diziam, era tão necessária ao barqueiro como o milho para os animais de carga.

Na sua monografia *O Município de Araçuaí,*[75] Leopoldo Pereira teve a ocasião de descrever os costumes, a um tempo penosos e poéticos, dos canoeiros dos rios Araçuaí e Jequitinhonha, que não são propriamente navegáveis. Empedrados e encachoeirados, só o são por um prodígio de habilidade dos seus canoeiros. Três homens compõem a tripulação de cada canoa, sendo um piloto e dois proeiros.

"Enquanto a canoa desliza nas corredeiras, o caldeirão da feijoada vai fervendo na popa, onde se fez fogo sobre um lastro de areia. Os canoeiros comem muito; assim lhes pede seu exaustivo serviço. Quando partiram, já tinham quebrado o jejum com uma espetada de carne-seca; são já dez horas, é mister almoçar."

Abica-se a canoa à margem arenosa do rio. A tripulação desembarca toda a bateria culinária. Cada qual serve-se à vontade. "No feijão foram cozidos grandes nacos de toucinho, o canoeiro os esmaga com o garfo e ainda põe no prato mais um pouco de gordura. O arroz de canoeiro é muito bem feito, e a carne-seca assada no espeto de pau tem um cheiro tentador. Quase sempre há um peixe que foi pescado à noite."

Não falta o café, de hora em hora, nem se dispensa a merenda. A certa hora, faz-se o "choriço". Vejamos no que consiste:

"No caldeirão, onde uma boa porção de gordura de porco já está bem quente, rapa-se um pouco de rapadura e depois que esta amoleceu pelo calor, junta-se farinha até fazer uma massa como angu. Para nós outros é repugnante este terrível e engordurado "choriço"; mas o canoeiro o come com delícia e para ele o czar da Rússia pode comer mais caro, mas não tão bem."

Continuamos a transcrever:

"O jantar é já no pouso, em alguma ilha ou praia arenosa. Arma-se a barraca, feita da vela da canoa e dos remos afincados na areia, amarra-se a canoa, lava-se o suor do rosto, algum toma seu banho na água tépida do rio. Alguma abóbora, que foi furtada numa vazante, vai para a panela; conversa-se, contam-se histórias, janta-se e descansa-se, quando a noite vem chegando e a lua se levanta no céu. A viola sai então do caixote e três vozes uníssonas entoam as cantigas do *beira-mar*."

Bebidas alcoólicas não entram na canoa. O canoeiro só bebe quando aporta com falha em alguma povoação. A subida do rio é das mais penosas, impelida a canoa à pura força:

75. Belo Horizonte, 1913.

"O canoeiro tem no peito um grande calo, onde apoia o pé da vara para calcar sobre ela; e em razão desse forcejar sempre constante, da alimentação excessivamente azotada, gordurosa e superabundante, do calor de um sol de fogo, da ausência quase absoluta de ervas, no regime alimentício, a pobre gente que moureja tão alegre no serviço da navegação do Jequitinhonha, prematuramente se despede deste planeta, levada pelo coração."

Assim se viajava na região, comumente, em todo o século passado até bem entrado o atual. Hoje há outro meio de transporte, rápido e cômodo, o automóvel. Mas ainda se viaja de canoa, rio abaixo ou rio acima. O jornalista Moacir Andrade[76] fez essa viagem, subindo lentamente o Jequitinhonha, num percurso de oito dias, desde Teófilo Otoni até Araçuaí. O passageiro tem direito à alimentação fornecida pelo canoeiro. Dorme-se nas praias, ao relento. A alimentação é a feijoada tradicional, suculenta e gostosa. Os pobres, que não podem viajar de ônibus ou jardineira, fazem o percurso em canoa. Há, entanto, os que preferem fazer essa viagem longa e modorrenta, por achá-la curiosa e mesmo poética, a realizá-la de automóvel por estradas poeirentas e esburacadas.

Os habitantes das ribeiras do São Francisco e seus afluentes encontram aí fartura de pescado. Depois das enchentes, o peixe se apanha mesmo nos igapós, vazantes e áreas alagadiças no meio do mato. Em alguns pobres povoados das barrancas do grande rio vegeta uma população escassa e apática, sem recursos econômicos e que se alimenta quase unicamente de peixe e farinha de água.

Um filho de Januária, Manuel Ambrósio, o folclorista de *Brasil Interior*,[77] põe água na boca do leitor ao dizer como se prepara a peixada típica da região do São Francisco. Assim: atarraca-se de corvina seca e gorda a panela de barro e coze-se com abóbora. Prepara-se o molho de pimenta malagueta, limão, coentro, vinagre de cana e cebola verde. Enche-se o prato de alvíssima farinha de mandioca torrada no forno. Despeja-se nesse prato o caldo gorduroso e apimentado. A farinha rescaldada emerge então do fundo do prato, rescendendo delicioso olor: é o pirão. Por cima do pirão, enfim, põem-se em ordem as postas de corvina, logo adubadas com o molho. É de lamber os beiços.

76. "*Sob o sol de Joaíma*', *in Estado de Minas*, de 15-11-52.

77. Palestras populares. *Folclore das margens do São Francisco*, São Paulo, 1934.

Ao lado do feijão, o peixe é prato de resistência na alimentação das populações sertanejas do Alto São Francisco. A farinha de mandioca e o milho nas suas variadas utilizações completam-lhe a dieta. O arroz não é de uso diário entre as classes menos favorecidas, muito embora a região seja das mais favoráveis ao cultivo desse cereal. O café é encontrado em quase todos os quintais, para consumo próprio. Nas classes pobres, entanto, é substituído pela decocção de sementes de fedegoso (*Cassia occidentalis*, Mart.), torradas e coadas em coador de pano. A decocção é adoçada, como o café, com rapadura.[78]

É grande a riqueza piscosa da região. Abundam, entre outras espécies, o dourado, o mandim, o surubim, a traíra, o pacu, o bagre, a piranha. O surubim, delicioso, é aqui o melhor peixe, tanto pelo sabor, como por não ter espinhas. Os métodos de pescar são os mais rudimentares. Usam-se anzóis presos a compridas varas, cujas iscas os atraem no fundo dos poços do rio. Anzóis de espera e tarrafas também se utilizam para a captura. A gente pobre seca o peixe ao sol, salgando-o com o sal marinho ou com o salitre local das nitreiras, obtendo destarte um produto que substitui o bacalhau.

"Na dieta da região, escreve João Dornas Filho, como não podia deixar de ser, o peixe tem um papel de marcada importância. O mandim, o surubim e o dourado, principalmente, são preparados na cozinha local com requintes de bom gosto, e até a cabeça do peixe é aproveitada com habilidade, cozinhando-a junto com o arroz, prato, aliás, de justa nomeada entre os ribeirinhos. A paçoca de peixe é também muito usada para a matalotagem de pescadores e viajantes, que a conduzem numa capanga (saco de algodão) trazida a tiracolo por uma alça.[79]

Prepara-se a paçoca fritando-se o peixe, temperado e salgado, sendo em seguida levado ao pilão e socado com farinha de mandioca ou de milho, até ficar uma pasta úmida de gordura. Em viagem, é comida com a mão, isto é, atirada à boca com a mão, aos bocados. É o nosso conhecido "comer de arremesso".

Algumas receitas de peixes comuns da dieta local, recolhidas em Pompéu (Oeste mineiro) por Esdras Borges da Costa e citadas por João Dornas Filho:[80]

78. JOÃO DORNAS FILHO, *Povoamento do Alto S. Francisco.* Separata da revista-*Sociologia,* São Paulo, 1956, vol. XVIII, n.º 1, p, 104.

79. *Ibidem,* p. 106.

80. *Ibidem,* p. 106-107.

Peixe frito. Retiram-se os intestinos, retalha-se o dorso em cortes horizontais, salga-se, adiciona-se alho e frita-se em gordura bem quente.

Moqueca. Limpam-se os intestinos, retalham-se em cortes finos, lava-se com caldo de limão, tempera-se com sal, pimenta do reino, massa de tomate, cebola, alho, leite de coco e salsa; põe-se na frigideira com azeite de dendê ou de oliveira e tampa-se, em fogo brando.

Assado: Retiram-se os intestinos, tempera-se inteiro e descamado, põe-se dentro toucinho aos pedacinhos e vai ao forno, coberto depois com molho de tomate, cebola e bastante pimenta.

Bolinhos. Frita-se o peixe, bate-se a massa com ovos e maizena, enrola-se na mão a massa, levada depois à gordura bem quente.

Bolo de piaba. Fritam-se as piabas, faz-se massa de fubá com bastante tempero (alho, pimenta da terra e do reino, sal, etc.), põem-se as piabas na massa e fritam-se novamente.

De modo geral, eram essas as formas mais comuns usadas pela gente de Minas para a preparação do pescado destinado à alimentação.

No Triângulo Mineiro, sobretudo pelas cercanias de Cachoeira Dourada, come-se muito peixe, de que é notadamente farto o Rio Paranaíba. As espécies mais pescadas, à fisga, com isca e anzol, a tiro ou com rede, são o dourado, o pacu, o jaú, as piracanjubas e pirapetingas. Segundo a informação de Camilo Chaves, no seu livro *Caiapônia*, a carne de caranha (o tambaqui da Amazônia), isenta de espinhas, é considerada a melhor dos peixes da água doce.

Capítulo XVII

O milho, alimento americano por excelência. – O ciclo mineiro do milho e do porco. – O "feijão nosso de cada dia" e o problema da alimentação em Minas. – "Déficit" do produto. – O arroz. – A mandioca. – Posição atual de Minas na agricultura. – Carência alimentar. – A carne.

Entre os alimentos das populações da América pré-colombiana, a primazia cabe ao milho, originário da América Tropical e levado do México à Europa pelos conquistadores espanhóis. Aos indígenas do continente americano deve-se o cultivo de plantas alimentícias hoje das mais apreciadas em todo o mundo de civilização ocidental. Em primeiro lugar está o milho. Depois, vêm a batata, alimento indispensável a muitos povos europeus, e a mandioca, alimento de base de alguns povos sul-americanos. Seguem-se o tomate, a pimenta, o amendoim, o cacau, a pita.

O milho (*maíz*, do haitiano *mahis*) constitui, ainda hoje, o alimento por excelência das populações do México, América Central, Antilhas e América Andina. Do mesmo modo que os europeus não passam sem o pão de trigo, os mexicanos das classes média e popular não podem viver sem as *tortillas*, que são pastéis de farinha de milho com carne, cozidos em panela de barro e envolvidos em folhas de bananeira ou palha de milho. À *tortilla* corresponde, nas Antilhas, Colômbia e Venezuela, a arepa, pão de massa de milho, cozido em recipiente de barro. Como na China anterior a Mao-Tsé-tung, onde os comunistas reclamavam *arroz e liberdade*, no México, ainda não há muitos anos, eles gritavam *maíz* y *trabajo*.

Podem-se percorrer extensas regiões do país mexicano sem que o viajante encontre uma só padaria. Ao revés, não há vila ou povoado sem uma *tortillería.* A *tortilla* é circular e enrola-se de modo a servir de colher para se tomar a sopa de milho — o *pozole* — ou para se comer *o pinole*, farinha de milho torrada, misturada com açúcar, cacau, canela etc., ou ainda o *atole*, espécie de mingau de fubá com açúcar, ou de papas de milho cozido e moído. Tais pratos datam do tempo dos aztecas e são preparados hoje como naquela época. É grande, em suma, a variedade de manjares que a mulher americana criou servindo-se do milho.

Que seria da alimentação das populações brasileiras do Norte e do Nordeste sem a mandioca? Que seria da alimentação das populações brasileiras do Centro e Sul sem o feijão e o milho? O feijão não dispensa a gordura, ao passo que o milho pode dispensá-la, nos variados modos de seu emprego, assim como também dispensa o sal.

É de recente data o uso de gorduras vegetais alimentícias. Antes não era assim: a gordura geralmente usada era a de toucinho, a banha de porco. Os dois alimentos de maior importância para a gente mineira sempre foram o feijão e o toucinho. *Feijão é que escora a casa* diz um rifão popular. Sim, e o toucinho dá substância ao feijão, podia agregar-se. Sem a banha que o tempera, seria comestível "o feijão nosso de cada dia"? A comida tradicional dos mineiros nada em banha de porco. Dos assados e frituras, de todos os guisados e ensopados, das sopas, molhos e farofas pinga a gordura em que são preparados. É certo que o angu a dispensa, e o angu com quiabo é prato dos mais apreciados pela gente de Minas. Mas muito melhor lhes parece o angu esmaltado de torresmos. Duma pessoa perrengue se diz, com desdém: "Não come toucinho". Ou então: "Parece que nunca comeu angu."

A cultura do feijão é das mais fáceis e vantajosas. Encontra-se generalizada em todo o Estado e é praticada pela totalidade dos agricultores. Sua produção é variável em cada lugar. Essa leguminosa, como toda planta cultivada, tem as suas preferências climáticas e exigências que se relacionam com a qualidade do solo.

O feijão é rico em proteínas, tanto as vagens verdes como principalmente no comum grão seco, o que explica a grande e crescente procura que tem esse produto alimentício. Conta-se entre os melhores sucedâneos da carne, cuja produção desde muito tempo diminui e se torna cada dia mais cara e insuficiente para satisfazer o consumo mundial.

Das duas variedades principais de feijão usadas no Brasil, o preto e o mulatinho, a população mineira prefere este último. Pelas análises químicas, feitas no Instituto Agronômico de São Paulo, consoante a tabela publicada no *Boletim da Associação de Farmacêuticos* (Rio, XVI, n.º 4), apuraram-se os seguintes valores:

Substâncias	*Feijão preto*	*Feijão mulatinho*
Proteína	16,66%	17,97%
Amido	46,99%	45,26%
Açúcar e dextrina	6,69%	8,32%
Ácido fosfórico............	0,80%	0,90%

As primeiras plantações foram feitas em Minas pelos primeiros exploradores e povoadores. À medida que penetravam nos sertões inóspitos, deixavam atrás roças de milho e feijão para garantirem de víveres a retaguarda. Sabe-se que Fernão Dias Pais plantou roças, a partir de 1674, nos lugares em que se estabeleceu. A principal alimentação do aventureiro caçador de ouro era o feijão e o milho (este em forma de angu ou canjica) e às vezes a carne de boi. Por volta de 1700, sendo grande a elevação dos preços dos gêneros alimentícios, o alqueire de feijão valia em Ouro Preto de 60 a 90 oitavas por alqueire. Era caríssimo, como tudo o mais. Com o aumento da população e a progressiva fixação do homem nas minas, já pouco rendosas, surgem culturas regulares em diferentes pontos do território aurífero, no início do século seguinte, mas ainda e durante muito sem significação na economia da província. Só no final do século o feijão figura com algum relevo na economia mineira, o mesmo acontecendo com o arroz, que até então não era das culturas mais comuns. Ambas as culturas, a do feijão e a do arroz, a partido nosso século, firmam-se e crescem na pauta de exportação, embora sem atenderem às necessidades locais, como ficou anteriormente dito.

Tanto ou mais importante que o feijão é o milho, não só como alimento do homem, como principalmente do gado e dos animais domésticos. Em outros tempos, quando se viajava a cavalo e não havia estalagens pelo caminho, o viajante que encontrava hospedagem para passar a noite não pagava nada pela comida e cama, mas o hospedeiro cobrava o milho dado à cavalgadura do viajante. Cobrava demais, não raro, o que dava motivo para queixas.

O feijão e o angu foram durante muito tempo os alimentos básicos da população de Minas. Come-se, hoje em dia, é certo, mais arroz do que feijão. O angu, porém, continua frequente na mesa do pobre. Em algumas partes do Brasil dava-se o apelido de *papa-angu* ao negro cativo porque se alimentava quase unicamente de angu e de feijão. Diz Nélson Omegna (*A cidade colonial*, cit., p. 149) que a sociedade dos homens livres, mesmo paupérrima, nunca admitia o angu em sua mesa. E, aduzia, "não obstante as virtudes nutrícias do angu serem superiores às da farinha de mandioca, o homem pobre preferia ficar sendo *mandioqueiro* a comer o prato típico dos servos da senzala". Já o mineiro, esse não desprezava o angu e preferia muitas vezes a farinha de milho à de mandioca, tal como o paulista.

Comendo feijão e angu mal cozidos, e, não raro, um naco de toucinho, o escravo negro aguentou a parte mais penosa na edificação do Brasil. Gilberto Freyre elogiou a rigidez do escravo negro e seus descendentes: "O escravo negro no Brasil parece-nos ter sido, com todas as deficiências do seu regime alimentar, o elemento melhor nutrido em nossa sociedade patriarcal, e dele parece que numerosos descendentes conservaram bons hábitos alimentares, explicando-se em grande parte pelo fator *dieta* — repetimos serem em geral de ascendência africana muitas das melhores expressões de vigor ou de beleza física em nosso país: as mulatas, as baianas, as crioulas, as quadraronas, as oitavonas; os cabras de engenho, os marinheiros nacionais, os fuzileiros navais, os capangas, os atletas, os estivadores do Recife e em Salvador, muitos dos jagunços dos sertões baianos e dos cangaceiros do Nordeste."[81]

Em grande parte do território mineiro, ainda hoje, a agricultura e a pecuária se acham no ciclo subdesenvolvido do milho e do porco, ciclo vegetativo que a sabedoria popular compendiou neste dito malicioso: "*O mineiro planta o milho e cria o porco, o porco come o milho e o mineiro come o porco.*" E diz o criador matuto, numa síntese feliz: "A terra dá o milho, e o porco é um saco de milho andando pro mercado."

É milho o principal senão o único cereal disponível em nossa terra para a alimentação animal. Por outra parte, tem-se no porco um instrumento valorizador do milho, do mesmo modo que a galinha. A criação de suínos e de aves desenvolve-se apreciavelmente em Minas, como se verifica também a melhoria de sua qualidade. O aumento, todavia, não é tão importante ao ponto de atender satisfatoriamente às necessidades das classes desfavorecidas e minorar a subnutrição das populações pobres.

81. *Casa grande e senzala*, 4ª ed., Rio de Janeiro, 1943, I, p. 158-159.

O consumo de milho como alimento humano está na proporção de 50 para 500 milhões de habitantes da Terra que consomem trigo. Não é pois pelo que representa como regime alimentar do homem que cabe ao milho o maior papel, mas, sim, pela importância que lhe advém do valor do grão como alimento para as espécies zootécnicas e também por sua utilização industrial como produtor de gorduras e álcool. Em regiões agrícolas, como a Galiza, na Espanha, o Minho, o Douro e as Beiras, em Portugal, o pão de milho — a broa — é consumida por cerca de 40% da população. A Itália é a terra da *polenta*, base da alimentação do pobre. Em tais regiões o milho é uma riqueza inapreciável, e até se diz, em Portugal: "Vive bem, porque tem *milho*."

A composição química média dos grãos de milho, muito ricos em hidratos de carbono, é a seguinte: Água, 13,55%; substância seca, 86,65%; matérias albuminoides, 9,45%; matérias graxas, 4,29%; hidratos de carbono, 71,62%; cinzas, 1,2%.

O consumo de arroz foi muito pequeno em Minas, assim como em São Paulo e no Rio, até começos do século passado. "Nas Cartas de Sesmarias que conseguimos compulsar, escreve Fausto Teixeira,[82] há numerosíssimas menções de lavouras de feijão, milho e cana-de-açúcar, em Minas, no princípio do século XVIII; sobre a existência de culturas de arroz, não encontramos uma referência sequer."

Saint-Hilaire, que em suas viagens por Minas observou inúmeras culturas de cereais, anota que, em 1818, no Tijuco o feijão valia 900 réis o alqueire e o arroz, 1.800. Intensifica-se a sua produção em todo o território do Estado, constituindo com o feijão e o milho os esteios da sua economia agrícola.

Do total de 50 produtos agrícolas registrados pelo Departamento Econômico do Ministério da Agricultura, Minas Gerais cultiva 39, cabendo-lhe o primeiro lugar na produção de alho, abacate, manga e marmelo e o segundo na de laranja, feijão e abacaxi. Quanto ao milho, à banana, ao café, ao arroz e à cana-de-açúcar, coloca-se em terceiro lugar. Estes dados são de julho de 1965. Em anos anteriores a 1963, colocou-se em primeiro lugar como produtora de milho e feijão e rivalizou com São Paulo e Rio Grande do Sul no tocante ao arroz.

O mineiro encontra na mandioca um dos produtos alimentícios de sua maior predileção. Entra na sua cozinha em forma de raiz, beiju, farinha ou polvilho. É assim usada geralmente, sobretudo pela gente da roça, ao ponto de o nosso caipira ser dito por antonomásia o *mandioqueiro*. A gente do Rio de Janeiro moteja do matuto em geral chamando-lhe *tapiocano* por alusão à fécula alimentícia extraída da mandioca, de que fazem largo consumo. E fazem bem. Quem de nós, que conhecemos o variadíssimo emprego do precioso tubérculo na dietética brasileira, não dará razão ao inglês Southey, ao dizer que, se Ceres merecera as honras de um lugar na mitologia grega, muito mais alta deveria ter sido a divinização de quem revelou aos seus irmãos o uso da mandioca?

O sábio Spix, em sua relação de viagem, notava que, em vez de farinha de mandioca, quase exclusivamente se comia em São Paulo farinha de milho "grosseira". Vinha à mesa em cestinhos, como o pão, na Europa, e, só a instâncias do hóspede, era substituída pela farinha de mandioca.

Dentre os produtos agrícolas que vem acusando aumento de volume e de valor, distingue-se a mandioca como um dos principais. Cultivada em todo o país, figurou, em 1963, com 22.248.644 toneladas, subindo em 1964 para 24.355.602. Sua produção, em vários Estados, ocorre intensiva. No Rio Grande do Sul, seu principal produtor, os índices atingiram 2.877.448 toneladas. Bahia, Santa Catarina, São Paulo e Paraná ocuparam o segundo, terceiro, quarto e quinto lugares, aparecendo a seguir Minas Gerais com 1.806.927 toneladas. Ainda com mais de um milhão de toneladas figuraram Ceará, Pará e Goiás. Menores quantidades para os demais Estados e territórios.

A produção agrícola mineira, não obstante o seu caráter de consumo local, é acaso suficiente para alimentar os nove milhões de habitantes do Estado? Que esperança! Algumas palavras da tese com que o Banco do Desenvolvimento de Minas Gerais se fez presente à Conferência Latino-Americana de Agricultura e Alimentação, no Chile, em 1965, refletem a situação neste particular:

"O comportamento da oferta agrícola de bens alimentares no Estado comprova [...] a deficiência da produção em face do crescimento populacional e da urbanização. A população total aumentou em Minas, no decênio passado, de 26% e a população urbana de 69%. Enquanto isso, os produtos de consumo generalizado não perseguiram o mesmo índice de incremento, conforme a relação

82. "*Arroz e feijão*", artigo na *Folha de Minas*, Belo Horizonte, edição de 12-6-1949.

seguinte, referente ao período: Arroz, 35%; milho, 29%; feijão, 22%; batata doce, 24%; batata inglesa, 111%; mandioca, 23%; laranja, 31%; banana, 38%".[83]

À exceção da batata inglesa, todos os outros produtos revelaram índices percentuais inferiores aos requeridos pelo consumo das populações. Causas? Muitas, todas igualmente responsáveis pelo baixo rendimento das áreas cultivadas, o qual tem diminuído, em vez de aumentar.

Computando-se a ração diária teórica, necessária a cada indivíduo, segundo tabelas do Prof. Domício Murta, teríamos estes algarismos:

Ração diária *per capita*: Arroz, 100 gramas; feijão, 150 gramas; milho, 50 gramas; café, 15 gramas; batata, 200 gramas. Gasto anual mínimo *per capita*: Arroz, 36,500 quilos; feijão, 54,700 quilos; milho, 18,300 quilos; café, 5,500 quilos; batata, 73,000 quilos.

Ora bem, só nos cinco produtos mencionados o consumo alimentar mineiro padece a deficiência de 169000 toneladas de feijão e 583 000 de batata, a despeito do índice percentual em ascensão deste último produto. No quadro acima não se computaram a carne, o leite, as gorduras animais e vegetais, o açúcar etc. Em verdade — frisa o especialista que estamos citando —, não é novidade afirmar que vivemos em constante carência de alimentos.

E a carne? Na região aurífera o problema da alimentação foi grave, especialmente nos primeiros tempos da exploração mineral, e não só para a população escrava como também para os homens livres. O milho e o feijão eram o único e ordinário sustento da classe servil e o mesmo acontecia aos senhores brancos que não viviam nas vilas ou arraiais onde havia açougues. Gêneros essenciais à subsistência eram em primeiro lugar os cereais, o sal, o açúcar e o toucinho. Em segundo lugar, queria-se a carne, escassa e cara, mas que o proprietário de lavras podia pagar com as suas oitavas de ouro. Importou-se, pois, a carne bovina, de que havia verdadeira fome, vinda em remessas crescentes de gado procedente de São Paulo, Bahia, Pernambuco e Curitiba. Entravam nas minas até bois mansos, bois de carro, velhos, impróprios para o corte.

Segundo a informação de A. de E. Taunay, o Conde de Assumar calculava em 18 a 20 mil bois anuais o consumo dos mineradores

83. Citado por RAFAEL SOUZA SANTOS, "*O problema da alimentação em Minas*", artigo no *Estado de Minas*, edição de 8-4-1965.

que seriam 30 000 almas, ao tempo de seu governo. Para evitar que viesse a faltar o produto, tomou o governo a precaução de estabelecer contratos de fornecimento de carnes. A providência, ao que dizem historiadores, foi a origem de abusos que teriam concorrido para a deflagração da confusa e ainda mal esclarecida Guerra dos Emboabas.

Em razão da escassa matança de reses nos povoados, a população mineira comia principalmente a carne de boi salgada e em mantas — a carne-seca ou charque, chamada também carne de sol, carne de vento ou jabá. Em algumas partes, como o Norte de Minas, a comum refeição da gente rural é o feijão com farinha e jabá, servido com molho de cumari, malagueta e dendê — verdadeiro fogo que exige para apagá-lo um bom gole de cachaça com junça ou folhas de figo.[84]

Uma senhora francesa que visitou o Brasil em 1883 não gostou da carne-seca. "Quem chegar ao país, confessou, está bem longe de supor que esta espécie de couro enrolado em pacotes possa ser carne. Entretanto, é o principal alimento do povo, e não há brasileiro que não prefira a carne-seca à carne verde."[85] Era, sim, vulgar na mesa do brasileiro, até não há muitos anos. Hoje, nem todos os brasileiros a podem comer por causa do seu preço alto. Quanto ao seu sabor, a dama francesa comeu provavelmente da comum carne de vento, muito menos saborosa que o bem preparado charque do Rio Grande.

Já se foi o tempo em que se dizia que um indivíduo estava *por cima da carne-seca*, querendo significar que tinha subido de importância. A carne-seca e o bacalhau estavam ao alcance das bolsas mais modestas, tanto assim que Gilberto Freyre pôde escrever em *Casa grande e senzala*: "Párias inúteis vivendo em choças de palha [...] sua alimentação a farinha com bacalhau ou charque.

Charque e bacalhau são hoje papa fina, estão mais caros que a carne fresca de boi, também agora, ultimamente, de preço proibitivo para as bolsas menos folgadas.

84. NÉLSON FARIA, *Tiziu e outras estórias*, Rio de Janeiro, 1962, p. 40.

85. *Viagem de uma parisiense ao Brasil. Estudo e crítica dos costumes brasileiros*, por Mme. Toussaint-Simon. Trad. de A.E.C., Rio de Janeiro, 1883.

Capítulo XVIII

Ouro Preto, fim de século. – Últimos anos da velha capital. – Vida estudantil. – O convívio familiar. – Os "assustados". – Chá e quitandas. – Uma cidade de estudantes. – Um "frege-moscas." – A "ouro pretite" e o beribéri. – O trivial ouro-pretano. – Pão, não; angu, sim.

Nas últimas décadas do século passado, Ouro Preto, embora fosse uma pequena *urbs* de aproximadamente 20 000 habitantes, talvez o maior índice demográfico por ela alcançado, saía de seu decaimento mais que centenário e conhecia o melhor período de toda a sua história, desde a recuada época dos Condes de Bobadela. Isto ocorria já em véspera de perder os seus foros de sede dos poderes públicos, transferidos ao venturoso Arraial do Curral del-Rei, já denominado Belo Horizonte, dez anos antes de findar o século.

Falava-se muito da mudança da capital, desde 1867, quando o deputado à Assembleia Provincial, Padre Paraíso, propôs a sua transferência para as margens do Rio das Velhas. Alegava o deputado que Ouro Preto era só consumidor, sem nada produzir: estacionário ou decadente, absorvia quase toda a seiva da Província. Agitava-se acaloradamente a questão da mudança, mas toda aquela bulha não esmorecia o ânimo dos bons ouro-pretanos fiéis a sua cidade. Uma aragem de prosperidade fortalecia-os no amor que lhe votavam e incitava-os a realizar empreendimentos que eram atos de fé no presente e confiança no futuro, tentava-se a realização de melhoramentos que contrariassem os planos de mudança.

Num livro de memórias,[86] José Rangel (que pertenceu à Academia Mineira de Letras) convida-nos a passear com ele por Ouro Preto dos anos de 1882 a 1883. Fazia Rangel então os seus preparatórios na velha cidade, um dos centros de estudo de melhor

86. *Como o tempo passa...* Rio de Janeiro [1940].

reputação no país. Com saudades se refere ao tempo que ali passou. Tristonha, soturna mesmo, garoenta a maior parte do ano, Ouro Preto tinha a sua principal distração nas festividades religiosas. A gente, porém, era comunicativa e o clima frio inclinava às reuniões no conchego das famílias, onde o chá à noite era de uso, acompanhado de biscoitos de polvilho, ou fritos em gordura, broas de amendoim, sequilhos e pamonhas, vindos das quitandeiras. *Quitanda*, não o esqueçamos, é a pastelaria caseira, o biscoito, a broa, a rosca, o sequilho, o bolo, expostos em tabuleiro. *Quitandeira* é a fabricante ou vendedora desse produto.

Moços e moças tocavam violão, cantavam modinhas ou recitavam os poetas românticos, ao som da "Dalila", animando as reuniões. Havia muitos amadores de piano, que executavam de ouvido valsas, polcas, quadrilhas francesas, lanceiros, mazurcas e *schottisches*, e assim, com facilidade, se improvisavam assustados, como se chamavam certos bailes rápidos, despidos de cerimônia, de que participavam pessoas ocasionalmente presentes.

Tropas de muares, numerosas, desfilavam pelas ruas ladeirentas e becos empinados, transportando mercadorias. Muitas carregavam lenha, a terrível lenha de candeia que se queimava nos fogões ouropretanos dos quais se desprendia um cheiro especial, característico, como de trampa (queixavam-se os visitantes) que enfadava e acabava por impregnar roupas, móveis, livros e mais coisas. Mulinhas pachorrentas, uma barrica de cada lado, a modo de cangalha, levavam o pão de casa em casa.

Em 1888 inicia-se o tráfego ferroviário entre a capital mineira e o Rio de Janeiro, encurtando para dezessete horas uma viagem que exigia muitos dias. A Escola de Minas e a de Farmácia atraíam estudantes. Instalava-se, em 1892, a de Direito. Cinco hotéis funcionavam na cidade.

Recordando seu tempo de estudante na velha capital, Nélson de Sena comparou-a a um verdadeiro *quartier latin* do Brasil, visto que para lá se dirigiam estudantes vindos de todos os quadrantes da pátria, formando "repúblicas" regionais de nordestinos e de baianos, de cariocas e de paulistas, de gaúchos e goianos e cuiabanos, sem falar de autênticos mineiros-nortistas, sulinos e filhos do Oeste, do Triângulo e da Zona da Mata. E Pedro Rache,[87] estudante gaúcho,

87. *Homens de Ouro Preto* (Memórias de um estudante), Rio de Janeiro, 1954, p. 30-31.

recém-chegado, surpreende-se com o que vê: a rua principal movimentada, com bons cafés, lojas de fazendas bem sortidas, gente de bom aspecto circulando pela limpa calçada de paralelepípedos. Aquilo não era tão atrasado como supunha e mais admirado ficou quando o seu cicerone, ao entrarem num café, pediu uma garrafa de cerveja Pá, de fabricação alemã! Ouro Preto era na verdade uma cidade igual às melhores do país.

Descontada a intenção encomiástica, normal numa página de saudades, era, sim, uma cidade universitária, alguma coisa como a nossa Coimbra, em cuja compostura burocrática a graça e a boa piada dos estudantes, seus estouvamentos e turbulências, punham rabos de palha, amenizando-lhe a proverbial carranca. E havia uma razão forte para ser procurada por estudantes forâneos, procedentes de São Paulo, Rio Grande do Sul e outras partes do país; não grassava lá, como no Rio daqueles tempos, a febre amarela, a varíola e a peste bubônica.

Coelho Neto, que visitou rapidamente a cidade em 1893, achou bom o hotel em que se hospedou e gostou da comida. Estranhou que numa cidade de estudantes não se encontrasse nenhuma livraria. Tomou nota de um curioso letreiro que se lia numa folha de papelão pregada acima da padieira da porta duma casa de pasto. Em grandes letras, dizia:

> A Qui nesta casa
> Vende se Comida Feita y Tamben
> Vende-se Café, à 100 réis uma
> Chicrá. Comida um Prato 500
> Chama-se Freje mosca.
>
> Benedicto Santos.

Chamavam-se *frege-moscas*, no Rio de Janeiro, as casas de pasto de ínfima categoria.

Outra tasca houve, muito frequentada por estudantes, na Rua de Antônio Dias, o Cabaré do Gato em Pé, onde se comiam bifes de cebolada, com muita farofa, e canjica com pedaços de queijo — não muitos, *rari nantes in gurgite vasto*, segundo o nosso informante.[88]

88. CIRO ARNO, *Memórias de um estudante*, 1885-1906, Rio de Janeiro, s/d., p. 124.

Era de um preto. À entrada do pardieiro, descia-se por uma escada de madeira até uma sala no porão, enegrecida pela fumaceira da cozinha próxima. Mobília: mesa grande, única, bancos e cadeiras. Pendente da parede, um quadro de regulares dimensões representava um gato em pé nas patas traseiras carregando com as dianteiras uma travessa com um bife sangrento e um garfo nele espetado. Por trás do quadro, na parede, lia-se este letreiro a tinta vermelha:

CENTRO NEPHELIBATA Cabaret do Gato em Pé Ao Bife Invencível!!

Um estudante, Júlio Ramos, poeta simbolista, pintara o quadro e provavelmente fora o inventor do título. Como seriam os bifes "invencíveis" do Centro Nephelibata? O letreiro fora obra de estudantes brincalhões e provavelmente aludiriam à invencibilidade dos bifes na luta com as mais sólidas dentuças. Eram parentes, possivelmente daqueles "bifes assassinos" de certa tasca denominada, por antífrase, "Passa Bem", a que se referiu Aurélio Pires,[89] recordando seus tempos de estudante na Vila Rica de 1881 a 82.

Comia-se bem em Ouro Preto? Claro que o passadio variava com as posses e o gosto de cada um. De modo geral, o trivial da população seria o comum da gente de Minas. As ouro-pretanas tinham fama de boas quituteiras e excelentes doceiras. A rigidez da alimentação não teria certamente o rigor exigido em nosso tempo para a boa conservação dos alimentos e não se conhecia ainda o refrigerador. Eram pois comuns as afecções do tubo digestivo — a ouro pretite, como as denominavam. Adoeceu? indagava um jornalista visitante, Alfredo Riancho, pela *Gazeta de Notícias* — Não pode haver dúvida, respondia: gastroenterite. E havia casos frequentes de beribéri, moléstia de etiologia desconhecida até os últimos anos do século passado e que se sabe agora ser causada por carência de vitamina B.

Não cremos difícil imaginar o que comia, comumente, a classe arranjada de Ouro Preto, constituída pela maior parte de profissões

89. *Homens e fatos do meu tempo*, São Paulo, 1939, p. 64.

liberais, clero, comerciantes e funcionários públicos. Figuremos o seguinte:

Ao desjejum: prato de mingau de fubá, simples, polvilhado de canela, ou com melado e pedacinhos de queijo; ou então café com leite e quitanda; ou café com leite e pão com manteiga (estrangeira).

Ao almoço: feijão, podendo ser tutu de feijão com torresmos, com linguiça ou lombo de porco; ou feijão simples e, às vezes, com couve, ou virado com farinha de mandioca ou de milho; angu, simples, ou com torresmos, quiabo etc.; arroz branco, solto; carne de vento ou de porco, fresca ou salgada, e, mais raramente, carne fresca de boi; verdura, pouca, podendo ser couve, alface, repolho, serralha, taioba. Sobremesa: marmelada ou goiabada, melado, ou outro doce, com queijo ou requeijão fresco. Bananas, laranjas ou mamão.

Merenda: café simples, ou acompanhado de quitanda.

Jantar: sopa, podendo ser de legumes, juliana, de carne com farinha de milho, de cará ou inhame, de mandioca, de feijão branco, de fubá com ervas; feijão simples ou virado com farinha; ensopadinho de carne com quiabo, ou com jiló, mandioca ou batata doce; arroz com ovos estrelados. Sobremesa: doce com queijo ou requeijão fresco. Ceia: canjica, ou mingau de fubá ou leite com angu. A canjica podia ser simples, ou com amendoim, ou com queijo.

O angu era obrigatório ao almoço. Com fubá e couve preparava-se o maneco sem jaleco, papas mais simples que as portuguesas. Com o que sobejava da véspera preparava-se a roupa velha, que também se fazia de carne-seca desfiada em mistura com farinha de mandioca e às vezes com batatinhas. Gordura usual, a de porco. Condimentos: a cebola de cabeça, a cebola-de-cheiro, o alho, o urucu, a pimenta malagueta, a pimenta-do-reino, o coentro.

A carne-seca, assim como a fresca, de boi ou porco, preparava-se de variadas maneiras: a) assada; b) ensopada com arroz, ou com mandioca, ou com couve, ou com palmito, ou com inhame, ou com vagens etc.; c) picadinha, idem, idem; d) frita, com ovos batidos, ou desfiada, em forma de roupa velha; e) cozida com legumes.

Bebida? Um copinho de restilo, ao início das refeições, como abrideira, só para os homens. Pouco se usava o vinho, a não ser na consoada ou em outras festas. Em bailaricos e mais reuniões familiares, servia-se aluá ou capilé.

Muito bom, pois, o trivial das famílias arranjadas, dentro dos padrões da cozinha mineira — variada, saudável e de fácil digestão;

e, o que é importante, saborosa e grata aos gustemas da nossa gente. As donas de casa não conheciam a ciência da alimentação (que ainda não dava sinal de si), mas eram exímias na arte da alimentação, o que valia muito mais.

O trivial das mesas mais humildes ou simplesmente modestas se reduziria pelo comum a feijão com farinha e angu, como alimentos básicos, completado com alguma erva ou produto da horta, como couve, chuchu, inhame ou abóbora. Acrescente-se algum doce, café ou chá de congonha. Outras vezes, a comida básica compunha-se de feijão com torresmos e arroz. Faltava a carne, quase sempre? Não era indispensável, no caso. O problema das calorias necessárias a uma alimentação suficientemente nutritiva — em média, 2 a 3 000 diárias — estará resolvido em havendo feijão, arroz, farinha ou angu em abundância e de bom paladar, como nos assegura o Dr. A. da Silva Mello, tantas vezes citado aqui. O caso é que se satisfaça plenamente o apetite. Em vez de pão, muitos usavam ainda, como os matutos, o beiju de farinha de mandioca, ou o substituíam pelo biscoito de polvilho. O pão é quase estranho à cozinha mineira tradicional. Sua generalização nas melhores mesas tem sido lenta. A farinha de mandioca e a de fubá de milho substituem com vantagem a farinha alva de trigo e têm ainda a seu favor o baixo preço e a fácil aquisição. Para que o pão, se temos o angu?

O uso do macarrão só entrou habitualmente na cozinha dos lares mineiros depois de iniciado o século, com as fábricas de pastas alimentícias fundadas por imigrantes italianos, os quais começaram a entrar no país depois de 1871.

Os mineiros foram sempre muito lambareiros, amigos de doces e quitandas, como os brasileiros em geral, conhecidos por seu "sensualismo apícola", consoante a frase de Simão de Mântua (pseudônimo de A. Gomes Carmo), respigada no seu livro *Cartas de um chinês*. São afamados os nossos doces de leite (enrolados em palha de milho, os mais autenticamente mineiros), os de cidra, limão e laranja, a brevidade, o pé de moleque, a pamonha envolvida em folha de bananeira, a queijadinha, a mãe-benta, o quebra-quebra, a broinha de fubá mimoso ou de amendoim, o biscoito de polvilho, além de outros da nossa doçaria tradicional luso-brasileira, cujos nomes denunciavam dengues e meiguices ao gosto do século do namoro, o galante e freirático Século XVIII, e eram os suspiros, melindres, arrufados, esquecidos, beijos de freira, papos de anjo, baba de moça, quindis-de-iáiá... No guarda-comidas nunca faltava a compoteira de melado, que se comia com farinha de milho ou bocadinhos de queijo. Nas vendas ou bitáculas de outros tempos, achavam-se invariavelmente no balcão, ao lado do respeitável pipote de aguardente, o biscoito fofão, o doce de amarrilho, o canudo recheado de creme, a brevidade, o pé de moleque, a pipoca, as pamonhas e a rapadura, que entrava (quando não era o açúcar escuro) na preparação da doçaria familiar.

Capítulo XIX

O beribéri em Minas. – Uma memória médica. – No Colégio do Caraça. – Má alimentação. – O que se comia. – Gêneros deteriorados. – O "trelelé" e o "brocop". – Avitaminose. – Desaparece a endemia.

O Doutor Antônio Felício dos Santos,[90] na sua memória *O beribéri na Província de Minas Gerais*, informa que a moléstia apareceu pela primeira vez em 1858 na cidade de Mariana, onde continuou até 1861 e fez explosão no Colégio do Caraça, em Diamantina, em São João da Chapada etc. Generalizava-se a doença, que invadira todo o Brasil. Ignorava-se a etiologia do beribéri. Sabia-se que se caracterizava por anemia profunda. Pois bem, nessa situação havia médicos que receitavam sangrias e vomitivos, sinapismos etc. Como a moléstia era tida como infecto contagiosa, subtraía-se o doente ao contato de outras pessoas.

O beribéri causou vítimas sobretudo no Colégio do Caraça, onde era considerado endêmico, atribuindo-se o fato à altitude e friagem da serra onde se erigiu o estabelecimento. Deixaram lembrança vários surtos epidêmicos, sendo mais conhecidos os de 1862, 1863, 1873, 1878, 1893, 1902, 1906 e 1910. Casos isolados sempre os havia, desde 1859. O mais sério foi o de 1910, que obrigou a retirada de todos os alunos.[91] Os padres do Colégio tentavam tudo para debelar os assaltos do terrível flagelo, que atacava quase exclusivamente os estudantes. Acudido a tempo, o doente deixava o estabelecimento e logo melhorava apenas se achava fora de lá.

A medicina empírica do tempo ignorava que o mal estava na alimentação, e a comida do Caraça, deficiente e mal preparada, tinha a pior fama. Também o ensino não tinha boa fama, embora se gabe tradicionalmente a instrução ministrada no temível educandário. Temível,

90. Citado por VIRGÍLIO MARTINS DE MELLO FRANCO, *Viagem Pelo interior de Minas Gerais e Goyaz,* Rio de Janeiro, 1878, p. 43.

91. AUGUSTO DA COSTA LEITE, *Saudades e lembranças do Caraça*, São Paulo, 1941, p, 161.

dizemos, porque era o escolhido pelas famílias severas para amansar os filhos rebeldes. Já em 1823, ao pleitear favor oficial, teve a administração do Colégio parecer desfavorável da autoridade incumbida de opinar sobre o pedido, alegando que os moços consumiam ali a maior parte do tempo em orações e silêncios, voltando mais estúpidos do que quando para lá entravam e, além disso, fracos pelos maus alimentos. É o que se lê na obra de antigo estudante caracense, Augusto da Costa Leite, que dizia: "A fama da má alimentação que ministravam aos alunos do Caraça, desde tempos imemoriais, corria de boca em boca e essa verdade, infelizmente, tornou-se assaz divulgada, porque ao Colégio afluíam alunos de todos os recantos deste e de outros Estados.[92]

Sigamos o autor mencionado no seu depoimento sobre a alimentação do Colégio. Os cereais, comprados em grandes partidas, deterioravam-se facilmente, por falta de depósitos apropriados a sua conservação. Os gêneros estragados não iam para o lixo: entravam nas panelas e eram distribuídos pelas mesas. Descuido na fiscalização da cozinha. Todo o empenho do pessoal culinário, desde o irmão encarregado da cozinha, até o último servente, era agradar aos padres, que sempre tiveram mesa reservada, proverbialmente lauta, embora à vista dos colegiais, iguarias diferentes e cozinheiros especiais".

Nela não faltava o vinho, fabricado ali, com a uva cultivada na chácara da casa. Tinha fama de bom vinho, mas D. Pedro não gostou, como deixou anotado no seu Diário de viagem a Minas em 1881. Nem faltavam as viandas bem preparadas, o leitão assado, o pudim de forma e a doçaria fina. Três eram as refeições diárias: almoço às 7:30, jantar ao meio-dia e ceia às 19:30.

Ao almoço dos alunos servia-se feijão, quase sempre bichado e queimado; arroz, muito branco, ligado e seco, podendo ser cortado a faca. A carne, cozida em água e sal, era temperada com um pouco de banha, que tresandava a sebo. O fubá, grosso e enfarelado. Havia duas qualidades de farinha: a comum, de mandioca, e outra, de milho, preparada no Colégio e a que davam o nome de *biché*. Era muito apreciada, qualquer que fosse a sua qualidade, pois fazia render os alimentos e tornava-os mais aceitáveis ao paladar, principalmente quando misturada a certas sobremesas, como a marmelada, o melado e outras. Ao jantar serviam sopa, "uma beberagem intragável

92. *Id.*, *ib.*, p. 161.

feita dos resíduos do almoço e, às vezes, de sobras de pão velho". Completava a refeição uma fatia de 50 gramas de marmelada do Capanema, feita de fruta de lobo, ou então melado, mel, frutas do tempo, laranjas ou jabuticabas, que passavam então a ser a sobremesa invariável de todos os dias. Semanalmente, abatia-se um suíno, cuja carne era reservada aos padres, irmãos e regentes. Aos sábados, os alunos podiam saboreá-la, preparada como picadinho de toucinho e carne com arroz, a que se dava o nome de *trelelé*. Os alunos exultavam com o *trelelé*, mas se o serviam fora dos sábados, podia-se jurar que a carne estava deteriorada. À ceia, davam arroz, carne e canjica, ou mingau de fubá de milho. A boia melhorava nos dias santificados. Havia tutu de feijão com carne de porco e o *brocojó*, espécie malfeita de pão doce, mas, à falta de melhor, ardorosamente cobiçado. Servia-se ainda uma xícara de vinho, produto da lavagem das pipas e barris, ao qual se adicionava a dose de aguardente necessária a sua conservação. Em suma, diz o nosso informante, "o mau passadio do Caraça era tão tradicional como o próprio estabelecimento, pois vinha desde o tempo do primeiro Superior, o Padre Leandro".

Enfim, a medicina experimental decifrou o enigma. Sabe-se como aconteceu. Por volta de 1909 a 1910, isolou-se a partícula que Casimiro Funck denominou *vitamina*. Não se ignorava que o beribéri era afecção que assolava os países tropicais e subtropicais — Malaia, China, Índia, Japão, Filipinas e América do Sul — cuja alimentação se compunha principalmente de arroz. Observando os hábitos alimentares dos nativos duma ilha da Malásia, um médico britânico chegou à conclusão de que a doença relacionava-se com a dieta e ocorria amiúde entre os que se alimentavam de arroz brilhante. Era a primeira luz. Posteriormente, verificou-se estar em causa a ausência da vitamina B nos alimentos, tratando-se, pois, duma avitaminose raramente observada em povos de civilização ocidental.

Avitaminose, a origem do beribéri na Caraça? Pode admitir-se. De qualquer modo, o problema prendia-se com pouca dúvida a graves deficiências de despensa e cozinha.

Capítulo XX

Na nova capital em projeto. – Viagem de Bilac. – Estética do papo. – O poeta instaura a gastronomia na futura cidade. – Camarate e os hotéis de Curral del-Rei. – Vida cara. – O que comiam os curralenses. – Subnutrição dos habitantes. – Os italianos e a "pastasciutta". – Queijos e bebidas. – O hábito novo de comer verduras. – Dieta herbívora e colorida.

Proclama-se em 17 de dezembro de 1893 a lei que escolheu o antigo Arraial de Curral del-Rei, já então denominado Belo Horizonte, para nele se edificar a nova capital mineira. Inúmeras pessoas se apressam a visitá-la, contando-se entre estas Olavo Bilac, então refugiado em Minas, que aqui esteve em janeiro do ano seguinte. Em correspondência enviada para a *Gazeta de Notícias*, do Rio, confessa-se o poeta surpreendido com o que se lhe depara. Em vez de um povoado rústico, sumido em morna melancolia, encontra vida comercial, lavoura, cortumes, igrejas, hotéis e uma população alegre, sadia, afável e obsequiadora, mas discreta, sem matutice, e nota, de modo especial, muitas moças bonitas. Os inimigos do arraial falavam muito no papo que atacava seus habitantes. Bilac, antigo estudante de Medicina, nega que o clima seja o responsável, não sendo a água a causadora do bócio.

Pilheriando, disse ter ouvido da boca de um papudo, em Minas, esta quadrinha faceta:

O papo p'ra ser bonito
Deve ser de dois caroço:
Um de um lado, outro de outro
E um no meio do pescoço.

A viagem se faz a cavalo, por montes e vales. Ao término da excursão, ele e os companheiros, cansados e a morrer de fome, voam para o hotel do arraial. Almoço delicioso... ou fome atrasada. Fale Elói Pontes, nosso informante de *A vida exuberante de Olavo Bilac*:

"Na toalha alva fumega o feijão de Minas, em cujo caldo espesso se desdobram folhas de couve repolhuda. O verde tenro dos quiabos casa-se ao amarelo fulvo da abóbora, em derredor de grandes nacos de lombo de porco, de face tostada, com reflexos de ouro velho. Entre o assado gordo, de onde se eleva espiral de aromas, as fatias finas do *beef* brasileiro, nadando em molho, cujo cheiro embriaga, — esplende o angu de fubá, de massa compacta e clara, estremecendo no prato como bolo de gelatina."

Almoço mineiríssimo, descrito à perfeição. Servido com o principal: feijão, couve, lombo de porco assado, o angu, a abóbora e o quiabo, sem esquecer o molho bem apimentado, rescendendo a estímulos gustativos.

O *beef* era uma concessão a novos hábitos culinários, já triunfantes. E comenta Elói Pontes, aludindo ao bom apetite do poeta:

"Cabe-lhe inaugurar a gastronomia, na futura capital de Minas, comendo tanto, que os companheiros têm olhos espantados para tanta voracidade."

Um amigo de Bilac e seu confrade da *Gazeta de Notícias*, o jornalista e arquiteto Alfredo Camarate, visitou Belo Horizonte naquele mesmo ano e aqui se deixou ficar até depois de inaugurada a Capital. Sob o pseudônimo de Alfredo Riancho, publicou em jornais cariocas e mineiros uma série de artigos sobre o que lhe foi dado observar durante as primeiras atividades da comissão construtora da nova *urbs*. Não há depoimentos mais precisos, nem mais valiosos, acerca do antigo arraial, seus moradores e completa revolução por que passava. O afluxo subitâneo de centenas de forasteiros — engenheiros, condutores de obras, auxiliares, empregados administrativos etc., muitos com suas famílias —, perturbou profundamente a vidinha modorrenta daquela humilde gente do sertão. O arraial, despreparado para recebê-los, não podia oferecer-lhes as comodidades a que estavam acostumados. Faltava até mesmo o indispensável. Tudo, em consequência, encarecera exorbitantemente. O preço dos gêneros mais correntes andava pelas alturas.

Logo ao chegar, Riancho (que veio a ser o primeiro cronista de Belo Horizonte) recebeu a melhor impressão do clima. Um clima verdadeiramente apetitivo, que deixava a perder de vista o da Sicília, de Nice ou da Madeira, a julgar pela quantidade de alimentos que ingeria, conforme confessou. Também ele, como Bilac, se sentia com a voracidade de um Gargântua. Com mais razão do que Bilac, por ser português, vale dizer: amigo da mesa copiosa e sólida. Não que influíssem no seu formidável apetite a variedade do *menu* e a ciência culinária do mestre-cuca do hotel. Muito pelo contrário, queixou-se da frugalidade dos pratos, sempre os mesmos: "Ao almoço, temos: feijão, arroz, carne de vento e, às vezes, fresca, batatinhas fritas e café. Ao jantar, em compensação, temos: feijão, arroz, carne de vento e, às vezes, fresca, batatinhas fritas e café!" Sem discrepar. Pão? Só havia o fabricado por uma família, com bom lucro mas por intermitências e fornecido por dedicação e favor. A carne de vaca, fresca, era pouco usada.[93]

Comia-se mal e caro. Informava o cronista:

"Qualquer hotel, pousada, ou casa particular adotou invariavelmente a *diária* de cinco mil réis por cabeça; mas esses cinco mil réis são preço de um almoço e jantar de feijão, arroz, carne de vento e café, e do alojamento noturno numa cama, que se chama *cama* por um ostentoso luxo de tecnologia e assente num chão de terra batida e que, dia e noite, nos oferece umas velaturas de amarelo ou de vermelho, conforme o barro ou a argila de que é composto!"

Olavo Bilac achou sadia a gente do arraial. Para Riancho, ao contrário, e com mais tempo de observação, o tipo geral do povo era doentio. Assim se exprimia:

"Magros, amarelos, pouco desempenados na maioria; havendo uma grande proporção de defeituosos, aleijados e raquíticos. Ora, esta fisionomia quase geral da população de Belo Horizonte desarmoniza completamente com a amenidade do clima, com o ar seco e batido quase constantemente pela brisa, com a natureza do solo que é magnífica e com a boa saúde e pantagruélico apetite dos que têm vindo e que, em mais de um mês de residência, já iriam percebendo sintomas e prenúncios de mal estar futuro."

Qual a razão dos ares enfermiços da população curralense? Subnutrição, sem dúvida. Não emprega o termo, mas deixa-o subentendido. A esta conclusão chega, estudando, com cuidados estatísticos, o que cada um come e quanto come. Considera:

93. Para esta citação e outras de ALFREDO RIANCHO (Alfredo Camarate), servimo-nos da obra de ABÍLIO BARRETO, *Belo Horizonte*: *Memória histórica e descritiva*, Vol. II, e números esparsos do *Minas Gerais*, abril de 1894.

"A julgar pela alimentação que nos propinam no hotel e pela de algumas casas que tenho visitado, o povo de Belo Horizonte, num clima depauperante e abafadiço como o do Rio de Janeiro, não seria magro nem amarelo, nem franzino; seria apenas uma multidão de cadáveres!"

Que dava aos seus hóspedes o proprietário do hotel, homem honrado e solícito, que procurava estar à altura das exigências dos forasteiros? Dava, invariavelmente, ao almoço e ao jantar, feijão, arroz, carne de vento e café. "Ora, ponderava, esta alimentação que faria fugir a sete pés um europeu ou mesmo um fluminense, representa, neste sóbrio povo, um festim muito para comparar às bodas de Camacho!"

Referindo-se ao bócio, entendia que o mal, pelo menos aqui, onde atacava de preferência a gente de cor mais pobre, era o resultado exclusivo de carência alimentar e falta da mais comezinha higiene. Estava convencido de que seria estancado mercê dos recursos que a civilização propiciaria a este pedaço de terra brasileira, destinado a tornar-se importante metrópole.

Em dois meses, as coisas começavam a mudar. Abrira-se um hotel mais digno desse nome, que ostentava o luxo de dar aos seus hóspedes quartos assoalhados. A mesa era farta, variada e boa. Os quartos tinham mobília decente, roupa limpa nas camas, lavatório, jarro e bacia. Outros hotéis, em idênticas condições, estavam prestes a abrir. Não levaria muito, previa o esperançado cronista, não faltariam na localidade cafés, botequins, restaurantes, confeitarias, casas de ferragens, lojas de modas, alfaiates, perfumarias. Passa mais algum tempo. Já os moradores podem ufanar-se de possuir um padeiro francês, matança de boi todos os dias, boticários, um clube recreativo, turcos mascateando chitas, linhas, tafularias — e um cemitério provisório. Um pouco mais tarde, exclamava: "Já temos perfumes, capas à espanhola, fogos da China e xícaras com asas!" Era a civilização que chegava.

Dois anos depois de inaugurada, a futurosa cidade contava 18 000 habitantes. Todas as repartições e serviços públicos se achavam em funcionamento. Estava montada a imensa máquina que é uma *urbs* moderna. Havia força e luz elétrica, seis hotéis, cinco hospedarias, oito pensões, vinte e sete açougues, dezesseis padarias, duas confeitarias, cinco tipografias, carros de praça, banda de música, um centro operário beneficente, duas papelarias e livrarias, uma biblioteca pública, seis tabacarias, quase uma centena de botequins, três fábricas de macarrão, cinco de cerveja etc. etc.

O grande contingente de imigrantes italianos, que entrara em Belo Horizonte para trabalhar na sua construção, inculcara na parte brasileira da população (procedente, em maioria, de Ouro Preto) o hábito alimentar da *pastasciutta*. Já se comia a macarronada, com queijo, com tomate, ou branca, e os talharins, feijão com macarrão, sopa de macarrão, *spaghetti, cannoncelli, lasagne, fettucine*... Além do macarrão de fabrico local, consumia-se o proveniente de Juiz de Fora e Barbacena, onde havia fábricas de massas, fundadas por italianos. Esses imigrantes introduziram aqui o queijo parmesão, o *caciocavallo* e o gorgonzola, que de modo algum comprometeram a nossa preferência pelo queijo de minas. Pode-se também dizer que, em razão do grande número de colonos italianos, portugueses e espanhóis, que plantavam hortas nos subúrbios da cidade, acostumava-se o belorizontino a comer hortaliças, e não só a couve tradicional, mas ainda o almeirão, a alface, o repolho, o rabanete, a cenoura, a nabiça, a ervilha, o aipo, os brócolos e o tomate. Recorde-se que o tomate, básico na alimentação de hoje, era quase desconhecido, ou de pouca extração, há coisa de cinquenta anos.

Num momento de grave crise de carne, que tornou o seu preço proibitivo para as bolsas modestas, a Secretaria de Abastecimento e Crédito Rural, de Minas, não faz muito, promoveu campanha educativa no sentido de reformular os hábitos alimentares da população. Aconselhava: "Não basta comer muito, necessário é comer bem. Com sais minerais e vitaminas das hortaliças pode-se ter boa saúde, bastando comer uma hortaliça crua e outra cozida, uma de cor amarela e outra de cor verde, nas refeições diárias." Sim, mas... esse secretário que receitava uma dieta herbívora e colorida aos que não podiam comprar carne — comentava um jornalista malicioso — não passava dia sem comer um bom filé com fritas, olaré!

Capítulo XXI

A cozinha portuguesa, a francesa e a italiana. Influências. – Novos gostos culinários. – Banquetes oficiais e jantares de etiqueta. – O "menu" e o cardápio. – Jantar para eclesiásticos, "cardapium" de latinista e pratos à mineira.

No trânsito do século passado para o atual a mesa dos bons restaurantes, das principais cidades — Rio e São Paulo —, sofre a influência da cozinha francesa, primeiro, e da italiana, depois. As casas de pasto, ou as chamadas "petisqueiras" atraem os amigos do bom passadio aos ritos da planturosa cozinha portuguesa, com os seus pratarrazes de peixadas e bacalhoadas, os ricos cozidos, as tripas à moda do Porto, as iscas com ou sem elas, as morcelas, chouriços e sarrabulhos à beiroa, o cabrito à caçadora, as costeletas de carneiro e de porco, os rijões e a língua de vitela — e o azeite pingando à discrição. Surgem, mais em São Paulo do que no Rio, as *trattorie*, onde se consomem as macarronadas e talharins, os raviolis e nhoques, a *pizza* napolitana, o *ossobuco* à milanesa, o fígado à veneziana e as cem combinações da *pastasciutta.* Certos restaurantes, porém, servem à moda francesa, com as cobertas tradicionais: uma sopa, o peixe, o assado, a sobremesa e o queijo. Nada de empanturrar, só o suficiente para sair... com alguma fome. Comer pouco, mas comer bem, são as qualidades exigidas do *bon gourmet* pelos mestres da cozinha francesa.

Novos gostos culinários passaram em consequência ao interior, sem alterarem os hábitos mais arraigados do povo. Em banquetes oficiais e em almoços e jantares de aparato ou marcado cunho social, servia-se e comia-se à francesa, com garções de casaca ou *smoking* e os pratos circulando de acordo com as leis que regem a marcha do menu: *potages, relevées, entrées, rôtis, entremets, dessert, vins et liqueurs*.

No banquete de 25 talheres, oferecido a Santos Dumont pelo Presidente do Estado de Minas, em data de 21 de setembro de 1903, serviu-se o seguinte menu:

Potage: Creme d'asperges.

Hors-d'oeuvre: Petits pâtés fins.

Relevé: Garoupa au sauce normande.

Entrée: Salmis de gibier.

Rôtis: Filet de porc à la mineira. Dinde farcie. Jambom d'York,

Desssert: Creme glacée à la vanille, puddings, fruits sortis, fromages, glacés, etc.

Vins: Old Port Wine, Pommard, Chablis, Chambertin, Champagne Veuve Clicot, et eaux minérales.

Café et liqueurs.

Por ocasião da visita do Presidente Rodrigues Alves à capital mineira, em 3 de agosto de 1904, o Presidente do Estado ofereceu ao chefe da nação grande banquete com este *menu*:

Vélouté aux pointes d'asperges.

Crême de volaille.

Timbales aux crevettes et palmites.

Garoupa au sauce mayonnaise.

Pièces de gibier aux champignons.

Punch au champagne.

Filet de porc à la mineira.

Dinde farcie à la brésilienne.

Jambon d'York,

Salade coeur de laitue et cresson,

Asperges sauce mousseline.

Salade de fruits. Fraises à la gelée.

Desserts, Vins Madérc sec, Haut Sauternes, Chablis, Chateaux Laffite, Chambcrtin, Porto, Xerez, Champagne Pommery,

Café et liqueurs.

Em ambos os *menus*, figuravam em lugar de honra o lombo de porco à mineira e o peru recheado à brasileira, quase infalíveis nesta sorte de repastos. Insuperáveis num *rôti*.

Dar nomes franceses às cobertas era *chic*. Conferia distinção e categoria. Os defensores do vernáculo reagiam contra a macaqueação e, por vezes, o esnobismo estrangeirista cedia ao espírito nacional. Assim, por exemplo, aconteceu no banquete oferecido pelas municipalidades mineiras ao Presidente do Estado, em 8 de julho de 1911, por ocasião dos festejos comemorativos do bicentenário de criação da Vila Rica do Ouro Preto. A lista das iguarias denominava-se *cardápio*, neologismo, já então vitorioso, inventado por Castro

Lopes para substituir *menu*. Impresso com a figura do Presidente Júlio Bueno Brandão, ladeada de reproduções de monumentos históricos, dele constava o seguinte:

Entrada: Sopa creme de neve.
Garoupa com molho de camarões.
Empadinhas.
Costeleta de carneiro com ervilhas.
Coxinhas de frango com arroz à chinesa.

Assados: Leitão assado à brasileira.
Peru e presunto com farofa.

Sobremesa: Frutas, doces variados, queijos.

Vinhos: Colares, Sauternes, Graves, Chateau-Margaux, Champagne. Licores, águas minerais etc.

O historiador e parlamentar mineiro Diogo de Vasconcelos ofereceu a eclesiásticos amigos, em sua chácara de Sans-Souci, na cidade de Ouro Preto, um jantar cuja lista de pratos foi redigida em latim pelo ilustre anfitrião. Eis o *cardapium*, que merece mencionar-se pela sua fantasia e graça:[94]

PRANDIUM CLERICALE, AT IMAGO COENAE DOMINI POST SOLEMNEM BENEDICTIONEM CELEBRETUR.

Sans-Souci, XII Kalendas maji MCMXVIII.

Jus pontificale — A Monsenhor.
Artócreas familiares — A Sans-Souci.
Ostracismus athenienses comparatus — À Senatoria.
Submarinuscaptus — Ao Coronel.
Orysa Oviparis cremata — Ao Cônego.
Phaselus tutus ob lubum — Ao Coadjutor.
Aper Darvini gratia evolutus — Ao Pregador Sagrado.
Avis Incárum rara — Ao Canonista.
Lactucae, olivae, radices, et irramenta guiae.
Secunda mensa
Varietas dulcium et frugum.
Liberi munus
Portuense, Burdigalense, Lusitanium, Campanium. Cafeum et liquor suavis.

94. Ver a palavra nas *Phrases e curiosidades latinas* por ARTHUR VIEIRA DE REZENDE E SILVA, 3.a ed., Cachoeiro do Itapemirim, 1926.

Tradução:

Sopa — A Monsenhor.
Pastéis comuns — A Sans-Souci.
Ostras recheadas — À Senatoria.
Arroz de forno — Ao Cônego.
Tutu de feijão com lombo — Ao Coadjutor.
Leitão (javali evoluído graças a Darwin) — Ao Pregador.
Peru — Ao Canonista.
Alfaces, azeitonas, batatas e aperitivos.
Sobremesa
Variedade de doces e frutas.
Vinhos
Porto, Bordéus, Virgem, Champagne.
Café e licores.

Tudo se harmonizava no jantar: ambiente, a mui católica Ouro Preto; convivas, gente da Igreja; cardápio em latim, redigido por erudito latinista; manjares, os mais próprios para satisfazer o gosto mineiro mais ortodoxo (excetuadas as ostras e as azeitonas), a saber: tutu de feijão com lombo de porco, leitão assado com arroz de forno, peru, coxinhas de frango e pastéis. A sopa seria também bem mineira, por exemplo: de mandioca, cará, verduras, carne com legumes, ou simplesmente caldo de galinha. Não há nada melhor na cozinha universal.

Capítulo XXII

Bebidas. – A cachaça dos cem nomes. – Bebe-se muita pinga em Minas. – Primeiros engenhos e proibições reais. – Opiniões de viajantes estrangeiros. – Diamantinenses e ouro-pretanos. – "Cachaceiros" e "etílicos". – Botequins e restaurantes da velha capital. – Vinho falsificado e conflito na rua. – A caninha pura e a misturada. – O "quentão" e o "pitoresco".

Costuma-se repetir aquilo de que o vinho alegra o coração do homem, como está no salmo 103, versículo 15. E também se pode citar, a propósito, o poeta do Rubaiyat.[95] Ouçamo-lo: "*Dizem-me: — Não bebas mais, Káyyám! / E eu respondo: Quando bebo ouço o que dizem as rosas, as tulipas e os jasmins. Ouço mesmo o que me não pode dizer a minha bem amada...*" Se não alegra o coração, o vinho mitiga ao menos a pena de viver. É lastimável a embriaguez? Sim, é. Mas, ouçamos ainda *Kháyyám*: — "*Considera com indulgência os que bebem até à embriaguez. / Lembra-te que tens defeitos maiores. / Se queres conhecer a paz e a serenidade, pensa nos miseráveis que padecem os piores infortúnios e... acabarás por julgar-te feliz.*"

Não estamos defendendo a bebida. Somos mesmo abstêmios, não em homenagem à virtude, mas por disposição da nossa natureza particular. Temos, no entanto, de reconhecer que não faltou razão a quem disse nada haver mais triste que duas pessoas sentadas em frente de uma garrafa de água mineral. Disse-o um poeta paulista, Martins Fontes,[96] em conferência sobre "A Alegria", e indagava: lealmente, sinceramente, já houve alegria sem bebida? — Não pode haver, respondia. Quando a sabedoria popular diz que alguém está *alegre*, é porque, na certa, esse alguém bebeu.

95. *Rubaiyat de* OMAR KHÁYYÁM, versão portuguesa de OCTAVIO TARQUINIO DE SOUSA, Rio de Janeiro, 1938.

96. Citado por LEONARDO MOTA, *Sertão Alegre*, Belo Horizonte, 1928, p. 124.

Uma das últimas reflexões escritas do romancista W. Somerset Maugham, já nonagenário, foi esta: "Quando tiverem alcançado a minha idade descobrirão que às seis da tarde a vida começa a tornar-se um tanto difícil; mas, se se tomar um pouco de *whiskey*, enfrentar a noite fica bem mais fácil."

A cachaça, como o vinho, alegra o coração. Sobretudo o do homem pobre, que tem no copo o seu remédio de males. A cachaça dos cem nomes não é só o aperitivo de virtudes muito apreciadas, mas ainda um poderoso estimulante para levantar as energias. Para levantá-las até o limite em que as abaixa e anula, sempre que provoque embriaguez de segundo e terceiro graus. Abaixa e degrada, muita vez, como aconteceu nos tempos bíblicos ao patriarca Noé. Esse homem justo e perfeito, que achara graça diante do Senhor, aplicou-se depois do dilúvio à vida agrícola, plantou uma vinha e, tendo bebido do vinho, embebedou-se e apareceu nu na sua tenda. Ficou o exemplo para os que bebem sem moderação.

Bebe-se muita pinga em Minas? Bebe-se. Pinga boa, a de muitas partes do Estado. Pinga da cabeça. E muita, muita pinga detestável, na maioria dos casos.

A produção de cachaça, no país, foi de 300 milhões de litros, o que representa 300 doses por ano para cada brasileiro maior de idade. A informação é de *Realidade*, ano 1, n.º 1, 1-1V-66. Existem registrados hoje, no Brasil, uns 20 mil nomes de caninha e já a temos exportado para a Itália, Antilhas Britânicas e Alemanha.

Logo que se descobriram as Minas, e a pouco de se começarem a povoar, instalaram-se engenhos de moer cana e destilar aguardente. Informado de que tais engenhos eram prejudiciais aos interesses da Real Fazenda, por ocuparem numerosas pessoas mais úteis em outros misteres, e também porque perturbavam o sossego público em razão das desordens causadas por negros bêbados, Sua Majestade proibiu se instalassem novos engenhos. A aguardente devia ser importada das capitanias de São Paulo e Rio de Janeiro, onde não havia mineração, e também do Reino. Expediram-se sucessivas ordens nesse sentido, que não foram executadas com a devida exação. Multiplicavam-se os engenhos e engenhocas e rara era a fazenda, mesmo pequena, onde não os havia. Vendia-se por isso a aguardente a um preço ínfimo.[97] Em nosso tempo, já em fase

97. Ver *Instrucção para o Governo da Capitania de Minas Geraes* por J. J. TEIXEIRA COELHO, in *Revista do Archivo Público Mineiro*, VIII, p. 558.

importante da economia canavieira, com a montagem de engenhos centrais e usinas, as tradicionais engenhocas das velhas fazendas mineiras limitaram-se a fabricar rapadura e aguardente, e a própria rapadura vem sendo abandonada dos poucos. Só a aguardente dá resultado compensador. E cachaça nunca faltou no mercado, por mais que aumente a sede dos seus consumidores.

É de crer que sempre se bebeu muita cachaça no país, se bem que as opiniões de alguns viajantes divirjam neste particular. O Rev. R. Walsh achou que o brasileiro era pouco dado à bebida. A cachaça, escreveu ele, "salutar antídoto contra os efeitos do frio e da umidade", era consumida principalmente pelos negros ou pelos marinheiros estrangeiros. Isto com referência ao observado no Rio de Janeiro. George Gardner, vindo depois, corroborou de certo modo essa opinião. Andando por Liverpool, disse, vira em poucos dias mais ébrios do que encontrara entre brasileiros, pretos e brancos, durante cinco anos de viagem. Pareceu-lhe o brasileiro muito mais temperante no beber que no comer e muito mais inclinado ao rapé que ao fumo.

Viajando por Minas, em 1840, notou Gardner, todavia, o uso imoderado da cachaça na região de Diamantina, e não só entre os pretos, que tinham motivos de sobra para ingerirem álcool com frequência, mas entre os brancos de ambos os sexos, em todas as camadas sociais, os quais lhe pareceram também largamente viciados. Viu, contudo, poucos casos de embriaguez.

Richard Burton referiu-se também à nossa cachaça. "A aguardente, disse, citando o Dr. Johnson, é bebida de heróis e aqui os homens bebem heroicamente a sua cachaça; o resultado é a hepatite, a hidropisia e a morte!" Seu emprego lícito, aduziu, é no banho depois de insolação ou para afastar os incômodos insetos. Reconhecia que, bebida com moderação, especialmente em manhãs frias e tardes úmidas, fazia mais bem do que mal. O homem do povo, francamente a seu favor, reconhecia-lhe as virtudes de refrescar o calor, aquecer o frio, secar o úmido e umedecer o seco. Bons pretextos — se acaso fossem necessários — para um gole. O hospedeiro brasileiro, geralmente, mandava ao seu hóspede uma garrafa dela com a tina de água quente, para o banho.

Gardner não mentia: os diamantinenses granjearam a fama de amigos da pinga e ainda a conservam em nossos dias. Exigência do clima frio, provavelmente. Pelo norte de Minas correm estes versinhos folclóricos:

Montes Claros dá toucinho,
Bocaiúva dá feijão,
Buenópolis dá dinheiro,
Diamantina dá pifão.

Os diamantinenses, ao menos os dotados de senso de humor, não o negam. Como aquele que cantava:

Na Diamantina nasci,
É minha terra, pois não.
Bebendo pinga cresci
E hei de morrer no pifão.

Aires da Mata Machado Filho cita no seu livro *Arraial do Tijuco, Cidade Diamantina* os versinhos de um *coreto* que, no dizer dos antigos, era cantado pelos pretos de São João da Chapada:

Oia como bebe
Esse povo do Brasi:
Inxuga um garafom
Mai depressa qu'un funi.

Não era melhor que a de Diamantina a fama de Ouro Preto. O Zé da Fé, popular tipo de rua, sempre bêbado, cantava pelas ladeiras vilarriquenses versos satíricos que estudantes lhe sopravam, como estes:

Os moços desta cidade
São como os velhos daqui:
Bebem demais, é verdade,
Não passam sem parati.

Seria, porém, totalmente injusto restringir a fama às duas tradicionais cidades de Minas, outrora celebradas pela urbanidade de suas populações. Houve época, não distante, em que geralmente se bebia mais do que hoje. Pode-se afirmá-lo, não com o fundamento em dados estatísticos, que não existem, mas pelo testemunho até certo ponto aceitável dos mais velhos. Eram comuns e numerosos os casos visíveis de embriaguez, observados em lugares públicos.

Muito mais comuns do que hoje. Os viciados de condição humilde eram apontados como "cachaceiros" e os que mereciam consideração social recebiam a qualificação atenuada de "etílicos".

Não se praticavam desportos. Tirante as festas religiosas e as conversas no adro das igrejas, a única distração que se achava fora de casa era na mesa dos botequins, baiúcas mal instaladas e pouco limpas, quase sempre. Passava-se aí, e à noite nos bordéis, a chamada vida de boêmia, cara aos amigos do copo e da estúrdia, aos estudantes vadios, aos artistas impecuniosos e aos literatos *in herbis*, que também os havia.

Terra de boêmios foi a Vila Rica de fins do século passado e princípios deste. A frígida garoa serrana convidava ao gole. Como em Diamantina. E havia outro motivo: a catadura tristonha da cidade como que incitava a matar o bicho da melancolia. Pretextos? Claro que sim. Há sempre pretexto para se tomar um trago. Pelas voltas de 1860, ou proximidades, "existia em Ouro Preto uma sociedade composta de muitos homens de posição, denominada Nossa Senhora dos Tombos, devota de Ceres e Baco, tendo procissões anuais da pragmática, além das que efetuava em benefício das Vendas Novas e que consistiam em esvaziar em uma só noite todos os líquidos que vinham para o primeiro sortimento". [97a]

Os botequins tinham fregueses até às tantas da madrugada. Era preciso que o botequineiro, quase sempre um italiano, despejasse os retardatários: "*Per favore, signori... Bisogno dormine.*" Fora, esmurravam a porta, recalcitrantes: "Abra para mais um traguinho! Abra, *Seo carcamano*!" vociferavam. "Ainda temos dinheiro para comprar toda essa m.!" Urinavam-lhe na porta, alagando o passeio, com escândalo das velhas beatas, rebuçadas em chales pretos, que àquela hora matinal se dirigiam para a missa das cinco. Bebia-se laranjinha, conhaque, rum, genebra, aniz, vinho e outros líquidos alcoólicos. A cerveja que se consumia era da melhor qualidade, importada da Alemanha e da Inglaterra (marcas Einbeck, Pá, Guiness e Porter), não faltando também as de fabrico nacional, marca barbante, assim chamada a inferior, cujas garrafas tinham as rolhas presas por meio de barbantes. As boas marcas nacionais só apareceriam em fins do século passado.

O vinho que se importava de Portugal em pipas e quartolas costumava ser escandalosamente falsificado pelos comerciantes. Por

97a. ALBINO ESTEVES, *O Teatro em Juiz de Fora*, Juiz de Fora, 1910, P. 33.

causa disso houve em Ouro Preto um conflito que deixou lembrança duradoura na história da cidade.

O caso é que um representante da Higiene Pública, o doutor Campos da Paz, empreendeu saneadora campanha contra os vendedores de vinhos falsificados. Penetrava em armazéns, examinava o material das garrafas e barris e, se adulterados, mandava-os quebrar e derramar o líquido nas sarjetas. Ardeu Troia! O comércio protestou, gritou, alvorotou-se. Ataques ao médico higienista. Colocados ao lado da autoridade, os estudantes da Escola de Farmácia, em represália, promoveram uma manifestação de desagravo. Quando o cortejo passava pela Praça Tiradentes, foi atacado inopinadamente por numerosa massa de capangas assalariados e por caixeiros das casas comerciais, adrede preparados para o assalto. Levantaram-se paralelepípedos da calçada. Tiros, pedradas, porretadas. Entreveros a socos e pontapés. Comparece a polícia militar, distribuindo pranchadas a torto e a direito. Resultado do conflito, que durou minutos: um comerciário morto e inúmeros feridos.[98] Por aquele tempo, em todo o país, importava-se de Portugal e outras partes da Europa muito vinho que se falsificava aqui, e da mesma procedência vendiam-se artigos alimentícios, como por exemplo a manteiga, já em mau estado de conservação.

Dizem os amigos da caninha que só quem não bebe é sino e ovo, sino porque tem o ventre para baixo e ovo porque é cheio. E a caninha bebe-se pura ou misturada, lisa ou queimada, em grogues, ponches e batidas. À queimada se dá também o nome de *quentão*, bebida quente, como o nome diz, forte, com ou sem gengibre — o grogue nacional por excelência. O melhor ponche é o preparado com laranja azeda, aguardente e açúcar, e a batida mais apreciada é a de aguardente com limão e, modernamente, com uma camada de gelo moído. Para as bandas de Januária, terra de famosa aguardente, dá-se o nome de *pitoresco* à cachaça fervida com açúcar mascavado, servida em cuités nas festas de casamento, batizado etc. Quem toma cuitezadas do *pitoresco* é chamado *folião* e quem não toma é dito *quelementes*. O folclorista Manuel Ambrósio,[99] de quem recolhemos a informação, não explica o porquê do nome *quelementes*.

98. PEDRO RACHE, obra citada, p. 27-30.
99. *Brasil interior*, São Paulo, 1934, p. 126.

Muitos amigos da caninha preferem bebê-la temperada ou misturada. A mistura pode ser com gengibre, ruibarbo, umburana, junça, xarope, vermute, aniz, Bitter ou Fernet. Pede-se no balcão "parati com goma", isto é, com um xarope adocicado em que entram gotas de Bitter ou Fernet. A cachaça engana a fome. Para não relaxar o estômago, o frequentador de botequim pode beber dilatadamente a sua branquinha acompanhando-a de nacos de linguiça frita na hora, o que lhe permite ir longe nas suas libações.

Capítulo XXIII

Ainda sobre bebidas. – A cerveja, importada e nacional. – Bebida aconselhável para o nosso clima. – Botequins, cafés, casas de bebidas, confeitarias e bares da nova capital. – Botequins italianos, a "birra" e o Chianti. – Animada vida boêmia. – Casas de chopes. – Os "american bars". – A "geração coca-cola. – Sucos de frutas liquidificadas. – Uísques, dry martinis e coquetéis. – O vinho nacional. – Nas "boites", inferninhos e reuniões sociais.

Pelos últimos anos do século passado ainda se bebia no país muita aguardente do Reino, importada de Portugal, se bem que o parati nacional fosse o mais consumido, especialmente no interior. Por essa mesma época, bebia-se cerveja, importada da Alemanha, Inglaterra, Dinamarca, Noruega e Holanda, até que apareceram as grandes marcas de fabricação nacional, tão boas como as estrangeiras. O uso dessa bebida, fresca, saudável, com uma dosagem mínima de álcool, era, aparentemente, o que se devia preferir num clima quente como o nosso. Por diferentes motivos, continuava-se porém a absorver em quantidades enormes as bebidas fortes, as aguardentes que se importavam do estrangeiro ou se fabricavam aqui, os conhaques, runs, genebras e uísques, os vinhos capitosos do Porto e da Madeira, as vinhaças taninosas e rascantes, as zurrapas falsificadas ou estragadas que vinham em pipas e pipotes e os mais licores e outros líquidos destilados, todos de alta graduação alcoólica. A cerveja, certamente, era de preço menos acessível que as aguardentes e mais lento o rito de sua degustação. Para alcançar aquele *state of happiness* buscado pelo alcoólatra era preciso consumir algumas garrafas ou muitos chopes da "virgem loira", como a chamavam com ternura os poetas seus devotos. Chegava-se lá, uns mais depressa, outros menos, depois de sucessivas visitas às sanitárias. A cerveja bebia-se geladinha, chuchurreada com vagar e pachorra, prosando com amigos, na comodidade de bem instalados bares e *brasseries*, petiscando-se as *delikatessen* que de costume a acompanhavam.

"A origem da cerveja remonta às mais antigas civilizações (6.000 A.C.).

No Brasil, a primeira notícia sobre a produção de cerveja encontra-se na sessão de classificados de um jornal carioca de 1836. Anunciava-se, então, a venda de Cerveja Brasileira, à Rua Matacavalos, 90 (GB), assim como a compra de garrafas vazias por 60 réis cada uma. Mas o anúncio constituía uma exceção, pois as cervejas vendidas no Brasil, até fins do século passado, eram de origem estrangeira: as alemãs Pá (Spatembrau) e Dois Machados; as inglesas Guiness e Porter; as dinamarquesas Carlsberg e Alliance Pale Ale; a Heinekens, da Holanda; e a Norwegian, da Noruega. As primeiras indústrias nacionais datam da Proclamação da República. No começo, eram cervejas de tão alta fermentação que, mesmo depois do engarrafamento, produziam grande quantidade de gás carbônico. O gás pressionava as rolhas que tampavam as garrafas e, para evitar que as rolhas saltassem, o gargalo era fortemente amarrado com barbante. Por isso, essas cervejas foram chamadas de "marca barbante". As primeiras marcas de cerveja brasileira conhecidas foram *Gabel*, *Guarda Velha* e *Logos*, cujos nomes correspondiam às respectivas fábricas. Outras, como a *Vessoso*, *Stampa*, *Olinda*, *Leal* e *Roza*, tiveram duração efêmera. A industrialização da cerveja nacional era ainda bastante incipiente, pois o gelo, consumido pelas fábricas, vinha do Canadá em barcos a vela. O primeiro grande passo no sentido de corrigir essa situação foi dado por George Maschke, que comprou a Cervejaria Brahma do suíço Joseph Villigier, Maschke adquiriu, da Fundição Americana, uma pequena fábrica frigorífica. Em 1897, lançava a primeira cerveja clara no país, a marca *Pilsener*, autêntica novidade, pois até essa data fabricava-se apenas a cerveja escura tipo *Munchen*. A *Antarctica*, por sua vez, foi constituída em 1891. Atualmente, o Brasil possui cinquenta estabelecimentos que fabricam cerveja, chope e refri-gerantes. Em janeiro deste ano, a produção de cerveja em nosso país foi recorde, com o excepcional índice de 73,6 milhões de litros, seguida dos refrigerantes, com 66,9 milhões de litros, e do chope, com 7 milhões." (*Visão*, 20 de junho de 1970).

Ao tempo da Comissão Construtora da Nova Capital, era Belo Horizonte um *fervet opus* de operários especializados e trabalhadores em geral, adventícios em sua quase totalidade, gente imigrada da Itália, Portugal e Espanha, sem falar do elemento nacional, constituído em maioria de pretos e pardos. Essa população eventual de gente da labuta, a que se juntavam aventureiros e marginais, amontoava-se quase toda num morro que tomou o nome de Alto da Favela, onde é hoje o começo do bairro de Santa Teresa. Nos botequins eram constantes as bebedeiras, que ameaçavam perturbar a ordem, mantida unicamente em virtude do medo que inspirava o enérgico delegado do lugar, um capitão da polícia militar, assistido por oito soldados.

A cerveja chegou a Belo Horizonte com os imigrantes italianos e alemães. Em 1897, antes do encerramento dos seus trabalhos, a Comissão Construtora ofereceu a quantos, funcionários e trabalhadores, haviam labutado nas obras da nova Capital uma churrascada de carne de boi, regada a cerveja, trazida do Rio em trem da Central do Brasil. A primeira que aqui se fabricou foi a do italiano Carlo Fornaciari, que para cá viera em 1894 com a família, instalando-se numa velha casa do extinto Arraial do Curral del-Rei, junto da matriz da Boa Viagem. O produto agradava e, passado pouco tempo, inauguravam Fornaciari e irmãos, numa casa nova da Rua Sergipe, ao lado da mesma matriz, a Cervejaria Renânia, depois muito ampliada, com o nome de Cervejaria Polar, no mesmo local ocupado hoje pela sua sucessora, a Antarctica Mineira.

Ainda não terminado o século havia no centro da cidade, já bem povoada, restaurantes, confeitarias, casas de bebidas, cafés e inúmeros botequins, sendo bem animada a vida boêmia. Uma das primeiras confeitarias da cidade, senão a primeira, foi a Acadêmica, instalada à Rua da Bahia, quase esquina da dos Goitacazes, nos últimos anos do século passado. Ponto predileto de mexericos políticos, seu proprietário, "o velho Carlos Maciel, magro, pálido, seco, torto, como um bruxo das feitiçarias medievais, mantinha comícios permanentes contra o Governo e o P.R.M."[100]

Os melhores botequins, italianos, ostentavam pendentes do teto fileiras e fileiras de frascos de Chianti empalhados, segundo a maneira peninsular. Bebia-se muita *birra*... Bebia-se também muito vinho *barbera* e Chianti, notadamente nos botequins onde se jogava aos gritos o *tresette* e a *morra* e se estimulava a sede com

100. DANIEL DE CARVALHO, *Capítulos de memórias*, Rio de Janeiro, 1957, p. 157.

vastas porções de mortadela e salame. E foram os italianos que ensinaram o brasileiro a tomar cachaça com Fernet. José Bazzoni, com casa de comidas e bebidas à Avenida Paraná com Carijós, anunciava que quem consumisse no estabelecimento uma garrafa de vinho italiano, superior, teria direito a dois charutos e quem a consumisse também ali, em dia santo ou domingo, teria direito a charutos e tremoços. Anunciava mais: lata de azeitonas portuguesas, 800 réis; lata de atum, 1$200; lata de presunto e salsichão, 1$100; lata de sardinha, 400 réis; lata de salmão e lagosta, 3$000; lata de arenques, 2$000. José Poni, à Rua da Bahia, 1.017, vendia vinho italiano *barbera*, superior, a 1$800 a garrafa e queijo parmesão a 4$000 0 quilo. Preços de 1905.

Por esse tempo, o Café e Restaurante Paris (antigo Acre) torna-se o ponto favorito da *haute-gomme* da cidade, como diziam os cronistas da época. Bebeu-se ali muita cerveja, além de outras bebidas, naturalmente. Um piano elétrico, a um canto, fazia ouvir as primeiras músicas americanas aqui chegadas. Era só para homens ou artistas de café-concerto. As senhoras não entravam ainda em restaurantes e cafés.

Havia do bom e do pior, principalmente do pior, onde a pinga tinha mais devotos, numa série infindável de postos alcoólicos, como os descritos pelo contista Silva Guimarães em *Os borrachos*.[101] Chamava-se um o "Butiquim e Penção do Rio de Janeiro do ispanhol Malvar", com seus erros de ortografia, o "Anjo da Meia Noite", o "Botequim da Mocidade", o "Abrigo da Alegria"... E a sala, "cheia de moscas, fedendo a levedura, da Cervejaria Itacolomi, marca barbante, onde havia, acima da soleira, um galo com o bico aberto, em termos de cantar, e o dístico por baixo: "*Quando questo gallo canterà / Credenza se farà.*"

Chegamos a 1910. A cidade cresce. Os bebedores de bolsa mais modesta procuram a Cervejaria Thieme, na Rua Rio de Janeiro (onde hoje é o Edifício Blériot), que servia por cinco tostões uma cervejinha escura fabricada na casa, marca barbante, a "Stout". Nada má para quem tinha sede e melhor ainda se acompanhada de tremoços. Os que podiam enfrentar a *Brahma* e a *Antarctica* dirigiam-se ao Panicalli, na Rua da Bahia, casa frequentadíssima por toda a sorte de folgazões. Em frente, no Restaurante Colosso, de grata recordação, comia-se um bom bife a cavalo, por apenas 2$000!

101. *Belo Horizonte*, 1921.

"Bar" era nome ainda não usado. O primeiro a fazê-lo foi, cremos, o Bar do Ponto. De longa e memorável existência, era realmente o "ponto" obrigatório dos *flaneurs* da cidade ou simplesmente de quem, transitando entre a Rua da Bahia e a Avenida Afonso Pena, entrava ali para tomar um cafezinho, chupitar uma cervejota, entretido com amigos, ou merendar a indefectível média de café com leite, pão e manteiga.

Pelos anos de 1912, 1913 e 1914, além do Bar do Ponto, onde a cerveja "propinava inspiração aos eleitos da Harmonia, apurando a erudição dos críticos", como se exprimia um cronista da época, simbolista encruado, havia na Avenida, antes da Rua da Bahia, uma série de cafés, restaurantes e cabarés muito frequentados pela gente notívaga. À Praça Doze (hoje Praça Sete) ficava o Parisiense, onde se encontravam "mulheres e bons bifes". O Castelinho, das ruidosas noitadas boêmias, era logo abaixo, na esquina da Rua Tupinambás. Nesta última rua, o restaurante Colombo oferecia aos seus fregueses discretos reservados. Não longe dali o Parque-Cinema, também restaurante e bar, com mesinhas por entre árvores, era "o terror das mães, das esposas e das noivas", como dizia o mencionado cronista, "o infeliz Parque, que decerto não tem grande culpa de que uma tal Fiorina e um tal Meconi plasticamente entoem um dueto imoral".

Recorde-se o *signor* Fausto, o bigodudo taverneiro da Rua Rio de Janeiro, a meio quarteirão da Avenida Santos Dumont. *Beato lei*! Era a providência da rapaziada de pouco dinheiro. À noite, bem ali nas proximidades da zona alegre, quando a fome e a sede apertavam, nada mais era preciso que tirar do *bolco* cinco tostões e pedir no balcão (ou nalgum reservado) um sanduiche de pão quente, pernil de porco e queijo. Com mais cinco tostões, bebia o freguês uma Negrinha, cerveja marca barbante da fábrica de Paulo Simoni. Não era só o que se bebia e comia. Grande era a consumação de parati e outras aguardentes. Fregueses jogavam cartas nos reservados, a valer rodadas de vinho ou cerveja, devoravam-se macarronadas e disputavam-se renhidas partidas de *bocce*, esporte favorito do imigrante italiano. Durante uns trinta anos ou mais, o incansável Fausto serviu o seu sanduíche justamente celebrado pelos seus fregueses.

Um pouco abaixo, na boca da Suburra, ficava o Restaurante Guarani, chamado o "Fecha-Nunca", procurado principalmente por casais alegres e mais gente notívaga, frequentadora das pensões de mulheres e de dois ou três cabarés da vizinhança, onde então se jogava abertamente o bacará, a campista e a roleta. Havia pelas proximidades outros cafés e restaurantes do mesmo tipo, um deles o Indiana, do Chico Ruffulo, que depois se denominou o Rei dos Sanduíches.

No centro comercial da cidade, depois do movimentado Café High-Life, casa de chopes à Rua da Bahia, que pertenceu a Ifigênio Sales, depois deputado federal, apareceram a Casa Estrela, na mesma rua, com as suas vistosas armações de madeira em estilo *art-nouveau*, ponto favorito, em certa época, dos poetas modernistas da cidade, e a Califórnia, do Neném Borgatti, restaurante e casa de chopes à Avenida Afonso Pena. E chega a vez do Trianon, muito frequentado pela gente de bom tom para o *drink* e o chope e ainda por causa das suas empadinhas e coxinhas de galinha, quentes.

Outra fase digna de menção é a do *Stadt Wien*, na Rua dos Tupinambás, restaurante e casa de chopes, com a sala principal ornada de pinturas representando frades nédios e jucundos, a emborcarem canecões de cerveja, e inscrições como esta: — "*São Gambrinus disse: Faça-se a cerveja, e a cerveja se fez*". Fervilhava de fregueses que se encharcavam do louro líquido, servido em cangirões de louça e acompanhado do clássico prato de salada de batatas e frios sortidos, mais o saboroso pão de centeio. Ao fundo, em cômodos reservados, podia-se comer, além de pratos nossos, uma deliciosa *Sauerkraut* ou uma *bem-feita Wienerschnitzlen*. Do mesmo gênero era a casa do gordo alemão Adolfo Halley (o Batutinha), que existiu durante anos na Avenida Amazonas, quase esquina da Praça Sete. Alegres tempos! suspiram os sexagenários e septuagenários que os recordam, com saudade.

Cresceu muito a metrópole mineira. Mudaram certos hábitos, que agora procuramos pautar pelo estilo de vida norte-americano. Os *american bars* substituíram os antigos cafés com mesinhas. Surgiu a "geração coca-cola" e generalizou-se o consumo dos sucos de frutas liquidificadas à máquina. De outra parte, bebe-se mais vinho às refeições, com a aceitação geral dos vinhos do Rio Grande do Sul, São Paulo e Minas Gerais. É moda agora intoxicar-se com uísque e aguardentes. Ou com *dry martinis* e coquetéis. O "velho líquido" (falsificado, tanta vez) dos cronistas do *café society* é consumido em grandes quantidades nas casas de aperitivos, boîtes, inferninhos, clubes e reuniões sociais de gente folgada.

Capítulo XXIV

O subproletariado de Belo Horizonte. – O que come um trabalhador de salário mínimo. – Um quadro de favela. – Invocação a Malthus. – A fome, a pílula e a bomba. – "Amai... e não vos multipliqueis". – Algarismos assustadores. – A imoralidade da procriação irracional. – A opinião de um demógrafo.

A população da capital mineira está aumentando em ritmo acelerado, igual ao de quaisquer outras cidades latino-americanas, que estão entre as que mais crescem no mundo, sem excluir a própria Índia. Ao lado da explosão demográfica verifica-se a agravação de numerosos males urbanos, entre os quais a proliferação das favelas, com a superlotação e as doenças, a desnutrição e a falta de água, além dos problemas mentais, decorrentes todos esses males do êxodo de grandes massas do interior para as grandes *urbs*. Nas favelas da América Latina, verdadeiros quistos populacionais constituídos de barracos de zinco, tábuas e às vezes adobes, se amontoam atualmente até um terço dos habitantes das cidades.

As favelas de Belo Horizonte não diferem das da Guanabara. Até a proporção dos favelados é a mesma. Atualmente estimam-se em mais de cem mil, para uma população que se aproxima do milhão, os que vivem em barracos de morros e beiras de rio na capital mineira.

A média é de cinco pessoas por habitação, entendendo-se como tal o casebre de adobes ou a cafua de barro (quando não de ramos secos, restos de madeira e de outros materiais), de um cômodo só ou, no máximo, dois. Típica é a habitação de dois cômodos exíguos, sem soalho nem forro, com o fogão de tijolos a um canto. Uma ou duas mesas, dois tamboretes, um caixote baixo, eis todo o mobiliário. No chão batido, o pilão de café. Café em grão num penico velho. A água, depositada numa lata de banha, é buscada à distância nalguma bica ou fonte pública. No segundo cômodo, como trastes únicos, um armário desconjuntado e três catres, nos quais dormem cinco ou seis pessoas. Não há cisterna nem fossa sanitária no quintal. As chaminés são raras. Paredes caiadas, exceção. Bateria de cozinha?

Latas de conservas ou de querosene servem de caçarolas, canecas etc. Colheres e garfos, só para cozinhar. Come-se com os dedos.

Como acontece na maior parte dos meios pobres, as famílias são prolíficas. "A mesa do pobre é magra, mas o seu leito é fecundo", consoante a conhecida sentença. A mortalidade infantil, sobretudo nas crianças de menos de cinco anos, é catastrófica. A partir dos quarenta anos, desaparecem muitas mulheres, subalimentadas, anemiadas, esgotadas por sucessivas maternidades. Poucos favelados passam de sessenta anos. Não há velhos. Gente de todas as partes. Negros e mestiços de todos os matizes constituem noventa por cento de toda a população. Brancos puros apenas uns dois por cento. Briga-se muito. Apesar de tudo, há ordem e certa decência. Quanto às ocupações, os homens são pedreiros, oleiros, jardineiros, biscateiros, carregadores, limpadores de autos, serviçais de garagens, guardas, policiais, soldados. As mulheres, domésticas e lavadeiras. Uma quinta parte dos homens não tem emprego: uns são doentes, outros vendem bilhetes de loteria, outros são vadios ou de vida duvidosa.

O Prof. Roger Teulières procedeu a um minucioso inquérito nas favelas de Belo Horizonte,[102] e dele recolhemos alguns informes. Não faltam depoimentos do maior interesse social, em todo o mundo, sobre favelas, mocambos, malocas, *callampas, slums, bidonvilles* ou que outros nomes tenham, míseros agrupamentos do *Lumpenproletariat*, o proletariado maltrapilho, escorralho das camadas desfavorecidas da sociedade.

O curioso é que essa escória humana (o fato não escapou a Marx) não se revolta contra a sociedade, não impreca contra o destino implacável, não blasfema de Deus. Queixa-se. E sua queixa é, antes de nada, um grito do estômago vazio. (O único importante, premente, é matar a própria fome e a dos filhos. Reflexão de Carolina Maria de Jesus, autora de *Quarto de despejo*: "Como é horrível ver um filho comer e perguntar: — *Tem mais*? Esta palavra *tem mais* fica oscilando dentro do cérebro de uma mãe que olha as panelas e não tem mais."

Viram alguma vez o que come um trabalhador brasileiro que ganha o salário mínimo? É de meter dó: no fundo da marmita, um bocado de arroz, outro bocado de feijão e, por ventura, um guisadinho de abóbora ou outro legume. Como enganar o robusto apetite com tão pouco? Bebendo cachaça. "Com o dinheiro da cachaça, dirá algum teórico da dietética, ele podia tomar um copo de leite." Como se um rude trabalhador de estômago exigente pudesse contentar-se com essa alimentação de crianças!

Há, certamente, os restaurantes populares do SAPS, onde é servida uma refeição variada e sadia por preço muito acessível. Compõe-se, comumente, de feijão, arroz, carne, purê de batatas, uma verdura e um copo de leite. Mas mesmo essa refeição, que o governo fornece com prejuízo, não está ao alcance da bolsa do trabalhador que só ganha o salário mínimo. E, pormenor gravíssimo, 75% dos trabalhadores de Belo Horizonte não recebe nem ao menos esse salário. Em face de fatos como este, só nos resta dizer, com Gondin da Fonseca, "a miséria é nossa"!

Por iniciativa da Campanha Mundial contra a Fome, publicou a Organização Mundial de Saúde, da FAO, em princípios de 1966, um trabalho intitulado "Desnutrição e enfermidades". Continha estatísticas relativas ao tempo que o operariado industrial e agrícola do continente americano precisa trabalhar para a compra de um quilo de pão, um quilo de carne e um litro de leite, confrontando-se ao mesmo tempo os salários médios por hora dos trabalhadores do campo e das fábricas em diferentes países. As conclusões eram impressionantes. Assim, ao passo que nos Estados Unidos bastava ao operário trabalhar trinta minutos para comprar um quilo de pão, um quilo de carne e um litrode leite, no Brasil o mesmo operário necessitaria de 4 horas e meia! Releva notar, porém — o que é mais grave —, que no Brasil o operário come pouco pão e pouca carne e quase não bebe leite, por falta de recursos para adquirir regularmente esses alimentos.

Permitimo-nos recordar um triste quadro de favela. Residimos perto de um desses conglomerados sub-humanos, a quinhentos metros de nossa casa, em um morro vizinho. Dela descem, todas as manhãs, como bandos de cães vira-latas (a comparação é dura, mas exata), pobres mulheres maltrapilhas, acompanhadas de crianças famélicas, para remexerem nas vasilhas de lixo depositadas à frente das residências da gente burguesa, enquanto não passa o furgão dos lixeiros. Buscam restos aproveitáveis de qualquer coisa.

102. Veja-se ROGER TEULIÊRES, *Bidonvilles du Brésil: Lesfavelles de Belo-Horizonte, estrait de la revue Les Cahiers d'Outre-mer*, t. VIII (1955), p. 30 a 50. Muito informativo sobre o assunto.

Umas juntam papel em grandes sacos, como a Carolina Maria de Jesus do *Quarto de despejo*, antes de se emburguesar com o seu *best seller*. Outras catam sobejos de comida, que recolhem em latas de querosene para o porquinho criado junto do barraco. Ainda outras carregam o que acham: latas e vidros vazios, pedaços de pano ou couro, bolsas e sapatos velhos etc. Outras, ainda, mandam as crianças pedir comida pelas portas, e isto sempre à hora do almoço.

Numa manhã, enquanto a mãe revolvia latas de lixo, de casa em casa, um pequeno de sete anos viu-nos no jardim e pediu um pedaço de pão velho.

— Quantos irmãos tem você? perguntamos ao garoto, enquanto a empregada o atendia.

— Seis.

— Você é o caçula?

— Não, sou o segundo.

— E seu pai, que é que faz?

— Nada.

Admiramo-nos da resposta: — Então ele é doente?

— Não, ele trabalha.

— Em quê?

Não nos soube dizer. Mas claro que trabalhava: enchia a mulher de filhos.

Oh, Malthus! pensamos conosco. Não chegará nunca o dia em que serás o grande santo das populações pobres e prolíficas?

Lembro-me do que a ex-favelada do Canindé, feia chaga da opulenta metrópole paulistana, anotou no seu impressionante diário: "De manhã o padre veio dizer missa. Ontem ele veio com o carro-capela e disse aos favelados que eles precisam ter filhos. Penso: por que há de ser o pobre que há de ter filhos — se filho de pobre tem de ser operário?"

Aos ricos — favoritos da Igreja — é que o padre devia dirigir-se, aos privilegiados egoístas que praticam o neomaltusianismo por comodidade de vida e conveniência econômica. Os pobres ignoram os métodos anticoncepcionistas, não têm consciência dos inconvenientes da procriação irracional, nem dispõem de meios para pagar as *faiseuses d'anges*.

Uma publicista paulista, hoje esquecida, Maria Lacerda de Moura, que há poucas décadas escandalizava a nossa família burguesa com as suas ideias libertárias, publicou em 1932 um livro intitulado: *Amai... e não vos multipliqueis*, no qual abordava o problema atualíssimo hoje mais do que nunca — da limitação da natalidade. Buscava a autora convencer os seus leitores de que a perpetuação da espécie não pode ficar ao arbítrio da ignorância num mundo consciente dos problemas da sua sobrevivência. Reações de ordem econômica, social e biológica aconselhavam em muitos casos a racionalização dos nascimentos.

Um preceito como aquele — *Amai e não vos multipliqueis* que se deveria difundir entre as populações miseráveis que procriam como ratos, concorrendo assim para o descompassado aumento da população e o consequente agravamento do problema da fome. Esse, sim, é o preceito que a razão indica, e não o outro, o *Crescei e multiplicai-vos, e enchei a terra*, que Jeová recomendou a Noé e seus filhos, depois do dilúvio, do qual se salvaram unicamente os recolhidos na arca. Jeová pensava em repovoar o mundo, não em superpovoá-lo.

Cuida-se agora de aperfeiçoar uma pílula de laboratório que garanta a esterilização temporária e tenha a vantagem de ser inofensiva e barata. Enquanto não vem a pílula salvadora, a população do mundo cresce em proporções alarmantes. O fantasma da explosão demográfica está na ordem do dia. A preocupação com o problema é tão grande, que o economista Glycon de Paiva, em discurso no Conselho Nacional de Economia, apontou *a criança como o maior inimigo do progresso brasileiro*. Os dados metem medo. Segundo um gráfico das Nações Unidas,[103] por volta de 1900, a humanidade em conjunto cresceu, através de várias centenas de milhares de anos, até converter-se numa população total de aproximadamente 1.500 milhões. Em apenas seis décadas e meia deste século, outros 1.500 milhões se acrescentaram à população mundial. E nos próximos 35 anos, antes de terminar o século, pelo menos 3.000 milhões de seres humanos habitarão a terra, se se mantém a taxa atual de incremento demográfico. Outro gráfico da mesma origem revela crescimento mais acelerado para a América Latina.

Nos tempos passados, a fome, as epidemias, as guerras e as chacinas em massa colaboravam com a mortalidade normal e assim se equilibravam mais ou menos os lances entre nascimentos e

103. *Población*. Simpósio realizado en la Unión Panamericana, Secretaría General de la O.E.A. Federación Internacional de Planificación de Família. London s/d. [1965], p. 8.

mortes. Com os progressos das técnicas médicas e a diminuição daqueles males (à exceção das guerras, cada vez mais mortíferas), deu-se modernamente o desequilíbrio em favor da natalidade. Citamos já William Vogt e outros estudiosos do assunto que anunciavam que a erosão dos solos, as inundações, os ventos, as chuvas e as geadas, junto com a proliferação do homem, condenam a humanidade à fome. Os especialistas da higiene alimentar estimam em um hectare por pessoa a superfície de terra arável que permite um nível de vida, minimamente aceitável. Mas, nas condições atuais de super-povoamento do universo, cada indivíduo não dispõe em média senão de cinquenta ares, aproximadamente. A situação tende a piorar enormemente se o ritmo de nascimentos não diminuir.

Voltam-se agora as esperanças para a almejada pílula esterilizadora. Resolverá ela o problema capital da humanidade, que é o da miséria e da fome? "Estou persuadido, disse Bertrand Russel, de que se a Medicina não põe freios à multiplicação dos homens, a bomba atômica se encarregará disso."

Em 23 de julho de 1964, o Papa Paulo VI caracterizou o problema como "extremamente grave", acrescentando que se achava em estudo, "tão amplo e profundo como é possível, tão sério e honesto como deve acontecer quando o assunto considerado é de tamanha importância".

Comentando a magnífica oportunidade que tem a Igreja, neste momento histórico, de conduzir o homem fora de seu impulso como espécie, "de sua bestial fecundicidade", o Dr. John Rock, Professor Emérito da Faculdade de Medicina de Harvard, católico, pondera a tendência de superação que foi sempre o apanágio da Igreja, e diz: "Deveria ser patente a imoralidade de qualquer casal no gerar mais crianças do que as que possa criar até a idade adulta, convertendo-as em membros vigorosos da sociedade.[104]

Um demógrafo francês, Alfred Sauvy,[105] figurou um diálogo entre Malthus e Marx. Malthus é esmagado por seu adversário Marx no começo do século passado. Levanta, porém, a cabeça em nosso tempo. É o "terceiro mundo", é a China comunista, que se veem a braços com o problema. Marx nada tem que dizer a Mao-Tsé-tung. Sauvy liquida de passagem as falsas soluções: a guerra, a resistência dos micróbios, as moléstias novas, a emigração na Lua. Soluções verdadeiras? Pílulas, operações cirúrgicas. Oxalá fossem de natureza a frear a expansão demográfica. São tão caras! Nos países subdesenvolvidos e no Ocidente, puritanismos e religiões se unem contra a propagação de tais meios. Onde buscar a solução? Na conjugação de todos os esforços: limitação de nascimentos, mas também desenvolvimento econômico acelerado, ajuda maciça dos países ricos em favor dos países pobres, liquidação dos armamentos. Estamos muito longe ainda, ai!, de chegar lá.

104. Lucar cit., p. 42.
105. ver *l'Express*, Paris, 10-10-63, p. 63.

Capítulo XXV

Novos hábitos alimentares. – Influência da cozinha inglesa: o "beefsteak" e o "roastbeef". – A comida italiana: a macarronada, o talharim, a "pizza", o "galletto al primo canto". – O churrasco à gaúcha. – Um acepipe sírio: o "quibe". – A charcutaria rósea e a fresca cerveja dos alemães. – Um cardápio humorístico. – Há uma comida típica mineira? – O mineiro (ou o brasileiro) come bem? – Defesa da comida tradicional brasileira.

Pouco a pouco o brasileiro das cidades e mesmo o do interior se foi acostumando a comer pão de trigo, mais como acompanhante do café matinal, do que como complemento das refeições principais. "O consumo de pão, conquanto generalizado nas cidades (80%, mas no meio rural a cifra baixa para 50% pelas dificuldades de panificação e por motivo econômico), é ainda pequeno e não atinge 100 gramas *per capita*, escreve um especialista da alimentação.[106]

Outro hábito que se generalizou: o de comer carne fresca ou de vaca. Pouco se come hoje carne-seca. É verdade que encareceu muito. O inegável, porém, é que o *beefsteak* conquistou aqui, como em todo o mundo civilizado, os que gostam de comer bem e podem fazê-lo. O próprio japonês abastado já não se contenta com peixe e arroz e quer bons bifes de carne de boi. Em toda a região central e sulina do nosso país, os bifes não faltam à mesa das classes mais favorecidas. O bife da família mineira não é contudo o bife de *filet mignon*, alto, sangrento ou mal passado, que os ingleses preferem, senão um bife pequeno, batidinho e bem passado, de outro tipo de carne, menos macia, mas que se acha mais saborosa, como é por exemplo a alcatra, o patinho ou a chã de dentro, bife que se come

106. THALINO RIBEIRO, *Acesso à alimentação racional*, Rio de Janeiro, 1958, p. 170.

juntamente com o que houver à mesa e não como prato independente, acompanhado neste caso de batatas, ovos, presunto, ervilhas, palmito etc. Sua Majestade o *Beefsteak* — seja com fritas, a cavalo, *à la cocotte*, à Rossini, *à maître d'hôtel...* — impera hoje como o prato n.º 1, o mais estimado e também o mais caro, em quaisquer restaurantes do mundo, modestos ou luxuosos. O turista em Nova York, Paris, Londres, Xangai ou Rio de Janeiro consulta demoradamente no restaurante a carta repleta de nomes de variadas iguarias. Vacila, vacila — e pede afinal um bom bife à inglesa com fritas. Escolheu bem? Claro. Escolheu o melhor. Em Buenos Aires, então, nem se permite vacilar: vai-se a um daqueles restaurantes que logo na insígnia da casa anunciam "*las deliciosas papas fritas*". Deliciosas, sim; mas o melhor é o *beef baby* (em verdade alentado) que as acompanha.

Ao lado do *beefsteak* e do *roastbeef*, cabe um bom lugar para o churrasco à gaúcha, novidade que já conquistou a mesa mineira. O churrasco pode ser também de carne de porco, ou misto com a de vaca. São comuns agora as churrascarias, que prosperam nas maiores cidades. E tornou-se fácil para as famílias a preparação do churrasco em casa, graças às grelhas elétricas.

A comida italiana influiu muito na brasileira, em razão da corrente imigratória encaminhada para o Brasil no fim do século passado. As pastas alimentícias, em forma principalmente de macarronada, entraram habitualmente nos cardápios de hotéis e restaurantes e também na mesa das famílias. A macarronada, ou simplesmente o talharim, tornou-se frequente no almoço ou ajantarado caseiro dos domingos, junto com a indefectível galinha ensopada ou de molho pardo, além do feijão e arroz de todos os dias.

Os pratos típicos nordestinos aparecem também ocasionalmente, em algumas mesas, como o vatapá ou o mocotó à baiana. Mais recentemente introduziu-se nos nossos hábitos culinários um prato de origem síria, o quibe, feito de carne moída, trigo integral, hortelã, pimenta e outros condimentos. Muitíssimo apreciado, encontra-se comumente em bares e casas de lanches, ao lado de pastéis, sanduíches, empadas e outras guloseimas. Qualquer dona de casa sabe hoje prepará-lo. Outro acepipe sírio, também de carne moída e massa de trigo, a *esfiha*, se encontra agora em certas casas de comedorias, sobretudo em São Paulo.

Concorrendo com as churrascarias, surgiram nas cidades as *pizzarias* e as *galeterias* (assim grafadas), novos rótulos de restaurantes mantidos por italianos. *A pizza*, hoje muito popular, come-se em qualquer balcão de refeições ligeiras e, tendo a vantagem de ser comida fria, presta-se a melhorar sem qualquer trabalho o almoço, o jantar ou a ceia das famílias que a não queiram preparar em casa. O *galletto al primo canto* atrai fregueses às *trattorie* que proliferam nas grandes cidades. Não é senão o nosso tradicional e universal frango ensopado ou assado. O nome estrangeiro confere prestígio ao que alguém chamou "a poesia do galinheiro". Esse alguém podia ter chegado à conclusão de que o frango, com toda a sua poesia, é a maior vítima da gula de todo o mundo e cujo sacrifício só os vegetarianos deploram.

Aparecem os bares, restaurantes e cervejarias de alemães (com decorações e inscrições nas paredes em louvor de São Gambrinus), onde os *menus* põem água na boca com seus pés de porco ou de vitela, suas almôndegas de fígado e couve, suas morcelas brancas, ao lado de saladas temperadas com açúcar, carnes guarnecidas ou recheadas de maçãs, passas ou ameixas, pão de centeio, queijos de Vestfália e a extensa série de charcutaria rósea, para acompanhar a loura chucrute e a fresca cerveja em canecas. Sem falar nas *Frankfurter Würstchen*, as deliciosas salsichas de *Francfurte*, que deram origem aos hot dogs americanos, hoje apreciados pelos gulosos do mundo inteiro, junto com o *hamburger*, também de origem alemã.

Começam agora a penetrar nas mesas brasileiras alguns hábitos da cozinha norte-americana. A princípio eram os farináceos, maizena, araruta, aveia, depois os *ice creams* e *sundaes*, os *waffles* e, enfim, a comida enlatada: sopas, carnes, pastas, vegetais, com indicações nos pacotes de seu teor em proteínas, sais minerais, hidratos de carbono e vitaminas. É só levar ao fogo, ou servir frio, conforme os casos.

Não faz falta a cozinheira. E as pessoas que afetam elegância servem almoços e jantares à moda americana, com todas as iguarias no *buffet* e os pratos trazidos à hora de cada um servir-se a si mesmo, *help yourself*. Os pratos são diferentes dos nossos: *corned-beef* assado, podendo ser servido com repolho, com *petit-pois,* com espaguete; almôndegas ou bolinhos de peixe; arroz com presunto, presunto assado (com abacaxi, tomates recheados com camarão, galinha, aspargo), pato assado (com chucrute, com cogumelos, com maçã), tortas de carne e legumes, *mousses* de peru ou de língua, patês de fígado, galinha com aspargos, filés de peixe com molho de tomate, peixe grelhado com molho de vinho... Que mais? Saladas, gelatinas, *yoghurt*, creme de leite, *grape-fruits* etc. Bebidas? Água gelada, sucos de frutas. Alimentação nutritiva, rigorosamente balanceada, variada. Não vai com o nosso paladar? Muitos estranham. Outros se acostumam. Alguns a apreciam logo.

Agora por último temos nas grandes cidades restaurantes japoneses, com seus pratos característicos, em que entram o porco frito com couve crua, talhadas de peixe seco ou cru, temperado no vinagre, etc., arroz cru, sopas, legumes, molho de ameixas e vinho de arroz (bebido quase sempre quente), além do chá verde que se toma durante e no fim das refeições. Tudo servido numa ambiência serena, segundo ritos tradicionais, em utensílios muito belos, dispostos com delicadeza e gosto.

Tais novidades não afetam de modo algum o que há de fundamental na mesa das nossas famílias. Nos restaurantes é diferente, embora neles também predominem os pratos tradicionais. Assim, é quase certo não faltarem nos bons restaurantes o infalível *beefsteak* à inglesa, o churrasco à gaúcha, o vatapá à baiana, a macarronada, o talharim, o espaguete, ou mesmo o *galletto* à napolitana, a bacalhoada à Lopes Sá ou as iscas à moda do Porto. Mas os preferidos na mesa da família serão sempre os tradicionais.

Lembro-me de um cardápio, redigido em tom humorístico, que se lia no interior do bar do Restaurante do Automóvel Clube da cidade mineira de Itaúna. Vínhamos de automóvel pela rodovia de Divinópolis a Belo Horizonte e calhou de descermos naquela cidade para um café no seu bar principal. Era a 2 de novembro de 1965, fervia a política nacional com a chegada imprevista do exilado Juscelino Kubitschek, a "linha dura" ameaçava a *corruptos e subversivos* e dizia-se que os governadores de Minas e da Guanabara não tomariam posse. Rezava o desenfadado cartaz em que se anunciavam os petiscos e bebidas do dia:

BAR E RESTAURANTE AUTOMÓVEL CLUBE INFORMA:
— *para hoje: Galleto ao "strip-tease". Churrasco nacionalista. Posse de linguiça. Subversão de lombo. Filet esquerdista. Omelette congressista. Corrupção de ovos. Recesso de ervilhas.*

Prato do dia: Feijoada n.º 2 e Atum institucional.

Bebidas: Brahma legislativa. Ouro Branco constituída. Aperitivos legais. Cachaça revolucionária. Conhaque Castello.

Tudo de conformidade com as normas consuetudinárias da nossa boa cozinha. O "galletto ao strip-tease" era simples alusão pilhérica a novidade do momento. Na certa, não passaria do nosso familiar frango ensopado ou assado, providencial em qualquer emergência. Nada de mais nem de menos no resto do *menu*, presidido pela sempre *bem-vinda* feijoada. Não faltava a linguiça. Estava presente o lombo de porco. Ótimo. ótimo. E se o *filet* não era de carne de pescoço, então não se podia exigir nada de melhor.

Finalizando este trabalho, cabe perguntar:

— Em que consiste a cozinha tipicamente mineira?

Pode-se diferenciá-la da cozinha de paulistas, fluminenses, espírito-santenses, goianos e mato-grossenses? Como Minas Gerais, também São Paulo, Rio de Janeiro, Espírito Santo, Goiás e Mato Grosso são terras do feijão, do arroz, do milho e da carne de boi e de porco. Referindo-se à alimentação das populações dos Estados centrais, assevera o Dr. Thalino Ribeiro[107] que a zona que os engloba agrícola e pastoril — é "talvez a de alimentação mais saudável de todo o país, excetuadas, é claro, as grandes cidades do litoral, melhor abastecidas e onde a educação alimentar e o fator econômico, permitindo maiores gastos, tornam a alimentação mais próxima do racional".

Certo? Possivelmente.

Voltando à nossa pergunta:

— Há uma comida típica mineira? A resposta é sim e não.

— Sim, porque se pode reconhecer uma *constante* (empregando um termo usado em Física) na equação das preferências alimentícias da gente que habita Minas.

— Não, porque tais preferências não são exclusivas dessa mesma gente.

A *constante* aludida se define, é claro, pelo trivial culinário, baseado primeiramente no feijão, depois no arroz (come-se até, atualmente, mais arroz do que feijão), depois na carne (preferentemente de porco) e, enfim, moderadamente, nos legumes e ervas. Onde se acham aí os pratos típicos?

Numa festa do Centro Diamantinense, realizada em Belo Horizonte a 5 de abril de 1938, foi servido o seguinte cardápio, apresentado como "tipicamente mineiro": *Leitão assado, com farofa de miúdos. Tutu de feijão com linguiça. Arroz. Vinhos de Diamantina, Café.*

107. *Id.*, ib., p. 170.

A gente grada de Minas pauta em geral o seu gosto culinário pelo padrão tradicional da maioria, mostrando-se pouco sensível a exotismos gastronômicos. Se dermos crédito ao cronista Djalma Andrade,[108] pelo Palácio da Liberdade nunca passaram glutões. João Pinheiro, recordou, era vegetariano. Antônio Carlos, com uma empada, passava satisfeito o dia inteiro. Raul Soares vivia em dieta. Na sua mesa de refeições, havia mais pílulas do que guisados, consoante o que diziam os que o conheceram mais intimamente. E lembrava que Daniel de Carvalho, no seu livro sobre Francisco Sales, falava nos pratos prediletos do antigo Presidente de Minas. Com duas colheres de arroz, um pouquinho de chuchu, uma asa de frango, sentia-se feliz e disposto a enfrentar os problemas de seu governo. Nem sempre fora assim. "Moço, gostava da boa mesa e na sua *república* em São Paulo, era considerado bom cozinheiro", diz Daniel de Carvalho.[109] "Mais tarde, devido a moléstia do fígado, foi obrigado a ser muito sóbrio nas refeições." Diz mais, ao fazer-lhe o perfil: "mineiro típico, era frugal à mesa: gostava de feijão, arroz, palmito, abóbora, taioba, couve e angu. Pratos prediletos: frango com quiabo, lombo e costeleta de porco. Sobremesa preferida: compota de goiaba com requeijão fresco, ou mamão."

Muitos outros governantes passaram pelo Palácio da Liberdade e, embora não nos conste houvesse entre eles algum francamente gargantão, à certa não faltavam os bons garfos, como era o caso do Presidente Juscelino Kubitschek de Oliveira, apreciador da boa mesa, sobretudo quando apresenta o prato de sua predileção: galinha de molho pardo com angu e quiabo. Contou um cronista social que o atual ocupante do Palácio da Liberdade, Governador Israel Pinheiro da Silva, homem viajado e culto, indo jantar com um amigo a um restaurante de Belo Horizonte, não prestou maior atenção ao menu em francês que o garçom lhe apresentava, e disse: "Moço, o que eu quero é tutu de feijão com quiabo e linguiça."

Do mesmo cronista fisgamos esta notinha de *café society*: "Muita gente importante na sociedade foi, sábado, almoçar na Usina Esperança, em casa de Juco e Sandra Carneiro de Mendonça, que, terminando suas férias na Casa Grande, voltaram a Belo Horizonte. Foi um almoço *supermineiro*: Tutu, arroz de forno, farofa com

108. "História alegre de Belo Horizonte", in *Estado de Minas*, 6.1.65.
109. *Francisco Sales, Um político de outros tempos*, Rio de Janeiro, 1963, p. 77.

linguiça, pernil. O apetite foi despertado pela batidinha de limão." Está bem, menos quanto ao pernil, que não é exatamente o mesmo que o mineiro lombo de porco.

Um casal de *gente bem* recebe *en petit comité* na sua luxuosa mansão do Leblon, na Guanabara. Estava presente o deputado Ovídio de Abreu, que, segundo o registro do cronista social Ibrahim Sued, "continua o mais mineiro dos mineiros". Tratava-se de um almoço e o menu servido era "totalmente mineiro", a saber: *lombinho de porco, tutu de feijão, couve à mineira, torresmos* e tudo o mais... O deputado serviu-se do primeiro prato, repetiu o segundo e comentou: "Que saudades da cozinha de minha terra!" A *hostess*, informava o cronista, retirou-se momentaneamente do jardim onde se almoçava desportivamente, e então o deputado não se conteve: "Vou aproveitar agora para repetir mais uma vez. Estou até envergonhado, mas não resisto ao tutu de feijão.

Lembre-se também o almoço oferecido, em dias de dezembro de 1965, pelos proprietários de uma fazenda de Calciolândia (Triângulo Mineiro), ao Sr. Israel Pinheiro. Constou do seguinte cardápio: *Dourado com purê de batatas, churrasco de lombo e linguiça com farofa, pernil com legumes. Sobremesa: mingau de milho verde, doce de leite e compotas.*

O dourado é dos peixes de água doce que o mineiro mais aprecia, ao lado do surubim. Ali estavam também a linguiça com farofa e o lombo assado, se bem que à gaúcha, e na sobremesa havia o mingau de milho verde e o doce de leite, regalos do paladar da gente das Gerais.

Está tudo nos dois cardápios citados. Apontam-se, propriamente, como pratos típicos de Minas o tutu de feijão com torresmos (ou linguiça), o lombo de porco assado e a couve fina. Acrescente-se ainda a galinha de molho pardo com angu e quiabo. Pratos, esses, considerados geralmente mineiros, sem serem, entretanto, exclusivos de Minas, convém dizê-lo.

Não há de melhor na cozinha universal. Ufanismo? Patriotismo palatal? E por que não? O escritor J. Guimarães Rosa[110] entende que o verdadeiro patriotismo cifra-se no sensualismo gustativo, de mesa e sobremesa. Considerando: "Nosso não será o petróleo tanto assim;

110. "*Os doces*", in *Diário de Minas*, 1 1-1-53.

nossos, bem nossos, são o doce de leite e o desfiado de carne-seca. Meu — perdoem-me — é aquele prato mineiro verdadeiramente principal: guisado de frango com quiabos e abóbora-d'água (*ad libitum* o jiló) e angu, prato em aquarela, deslizando viscoso como a vida mesma, mas pingante de pimenta." Isto escrevia, regalão, num artigo sobre os nossos doces. Só de lembrá-los, parecia, vinha-lhe água à boca: "E os doces. Mas os doces. À frente, os de calda, que não convém deixem de ser um orgulho próprio e um dos pequenos substratos do benquerer à pátria e do não desentender a nação."

Para terminar, insistiremos na pergunta: o mineiro come bem? Ou, formulando-a em termos mais gerais e adequados: alimentando-se tradicionalmente de feijão, milho, mandioca e couve, o brasileiro come mal? — Sim, come mal, afirmam em maioria os nossos especialistas da dietética. Não é essa a "mesa civilizada" dos povos que se alimentam melhor, como os anglo-saxões, mesa em que entram principalmente os bons bifes, o leite em abundância, os ovos, os legumes, as verduras e as frutas. Só agora o brasileiro das classes mais favorecidas, agregam, está aprendendo a comer de acordo com os preceitos da dietética científica. Bebe-se mais leite. Comem-se legumes, verduras e frutas em quantidades recomendáveis, o que antes não acontecia, e sabe-se dar valor a um bife com batatas ou ovos. O trigo vai desbancando o milho, o fubá, a farinha de pau. A mandioca é menosprezada como "vil raiz". Buscamos afeiçoar o nosso paladar ao de ingleses e norte-americanos, italianos e franceses, embora conservando-nos fiéis aos nossos hábitos.

Outros especialistas do assunto, considerando descabidas as afirmações de que não sabemos comer, defendem decididamente a nossa cozinha tradicional. O Dr. A. da Silva Mello vai mais longe: condena os tão gabados hábitos alimentares norte-americanos. Foram eles que suprimiram a cozinha (só milionários podem, lá, pagar cozinheiras), alimentam-se de conservas e comem às pressas, por não perderem tempo com as refeições. Lamenta que, por imitação do estrangeiro, estejam desaparecendo da mesa dos ricos, e até da dos pobres, o milho, a mandioca e o feijão, que foram o lastro principal da alimentação brasileira até os começos do século atual. "Nosso feijão preto, nosso angu de fubá grosso, nossas diversas comidas de milho, nossa simples couve picadinha – escreveu o sábio médico – são alimentos excelentes, maravilhosos, iguais, quando não melhores, aos que têm fornecido os progressos da culinária e as altas pesquisas da fisiologia."

Alimentos maravilhosos, devemos concordar. E o são, sem dúvida, sempre que a dona de casa saiba prepará-los bem, o que não é nada raro. Pode-se variar e certamente se varia. Uma ou duas vezes por semana, o diário de uma casa pode oferecer uma novidade, se não faltam recursos. Mas o problema alimentar se põe em outros termos. Temos milhões de mal alimentados, talvez dois terços da população. Milhões, sim, como em tantos outros países chamados subdesenvolvidos. Temos milhões de desnutridos, é certo, não pela má qualidade dos alimentos, mas pela insuficiência deles, afirmação fundada em palavras do mencionado especialista da ciência da alimentação.

Índice Onomástico

P

Q

R

S

Este livro foi composto com a tipografia Times New Roman
e impresso pela Meta Brasil.